ざわつく脚線美

橘真児

双葉文庫

目次

ざわつく脚線美

第一章　パンストを彼女らに

1

（なんだよ、これは……こんなことでいいのかよ！）

テレビの画面を見つめ、桜場充義は眉間のシワを深くした。全身に憤りが漲るのを感じ、我知らず拳を握りしめる。

ここは三竦商事株式会社、総務部の休憩室だ。すでに終業時刻は過ぎており、その部屋には充義以外誰もいなかった。

十畳ほどの広さがある縦長の空間は、名前のとおり休憩に使われる。ソファーもあるから仮眠ぐらいならできるが、管理職を除いた総務部社員十名のうち九名が女性だったから、ひと目を気にせずこの場所で寝こけるような剛の者は皆無であった。

片隅にあるテレビは二十型と小さく、そこには小型のＨＤビデオカメラが接続されている。パイプ椅子に腰かけてテレビの前にいる充義は、そのカメラの映像をひとりでチェックしていた。

「最低だな……」

無意識につぶやき、親指の爪をギリリと噛む。

液晶画面に映し出されているのは、この休憩室と同じぐらいの広さの、壁際にずらりとロッカーが並んだ部屋。見たままの更衣室である。

そこに入れ替わり立ち替わり入退出するのは、同じフロアの総務部と経理部の女子社員たち。私服で現れて会社の制服に着替えるという、朝の着替え風景を俯瞰の固定カメラで撮影したものだ。

もちろん許可を得て撮られたものではない。盗撮である。但し、充義がカメラを仕掛けたわけではない。

今日の終業後、デートがあるからと真っ先に仕事を終え、急いで着替えをしていた総務部の女子社員が、掃除用具入れの上に見慣れない段ボール箱が載っているのに気がついた。箱の一部に穴が空いており、何かと思って確認したところ、中にこの小型ビデオカメラが入っていたというわけである。

彼女はそのカメラを手に、すぐさま総務部に取って返した。盗撮事件発覚に、オフィスが蜂（はち）の巣をついたような騒ぎになる。何しろ女子社員が多く、しかもみんな若いから、こういうときはほとんど女子校に近いノリで、きゃあきゃあと派手に盛りあがるのだ。

とにかく犯人を突きとめようという話になり、カメラに手がかりが映っているかもしれないから映像をチェックすることが決まった。しかし、何十分あるいは何時間あるかわからないものを、最初から最後まで見ようなんて奇特な人間はひとりもいない。もう本日の勤務は終了しているのであり、そんな面倒なことに時間を奪われたくないと、みんな早く帰りたがった。

しかしながら、部長が「だったら私が」とカメラを手にすると、女子社員たちから一斉にブーイングが起こった。彼女らの着替えの場面が映っているわけであり、それはセクハラですと非難する者もいた。

そのとき、誰かがこう提案したのである。

「ああ、桜場クンがいいんじゃない？」

総務部唯一の男子社員で、今年入社したばかりの充義に白羽の矢が立つ。しかも、反対する女子はまったくいなかった。

「あ、それがいいわね」

「あたしもさんせー」

「うん。桜場クンにならべつに見られたってかまわないし」

と、本人を除いた満場一致で可決された。

充義は心の中で憤慨した。いちおう若い男なのであり、盗撮犯ではないかと疑われてもいいぐらいなのである。

それどころか、ほとんど異性扱いすらしてもらえなかったのは、そんな度胸があるわけないと女子たちに思われていたからだ。未だ自宅から通勤している彼は、女の子と深い関係になったことが一度もないチェリーである——と、彼女たちは決めつけていた。

事実、充義は童貞だった。しかし、そのことを誰かに話したわけではない。つまり、普段の態度や言動から見抜かれていたわけだ。まあ、同僚女子に話しかけられただけで赤くなるほど純情なのだから無理もない。

そんな充義だから、みんなは面白がってビデオチェック係を押しつけたのだ。あとで着替えを見た感想を根掘り葉掘り聞き出し、からかうつもりで。

そうやって女子社員たちのオモチャにされることは、ほとんど彼の日常になっていた。言葉で揶揄されるだけではなく、仕事を教えるフリをしてわざと密着し、純情青年がうろたえるのを愉しんだりもする。

充義も男としてのプライドがあるから、時にはムキになって先輩女子たちに立ち向かおうとする。ところが、簡単にやり込められるばかりか、ますますからかいがエスカレートするという悪循環。常に周囲からイジられて、ネタにされるお笑い芸人みたいな立ち位置であった。

今回もそういう流れで押しつけられたのだと、本人も重々わかっていた。けれど、先輩の命令には逆らえない。普段仕事を教えてもらっている主任からもよろしくお願いするわと言われ、渋々カメラをあずかった。

そうして休憩室で、几帳面なことに早送りもせず、次々と映し出される女子社員たちの着替えを見続けたのである。

最初こそは、かなりドキドキした。紐パンやTバックなど、セクシーな下着をまとった者も少なからずいて、しかもそれが見知った先輩だったりすると、昂奮もひとしおだった。

（うわ、田崎先輩のパンツ、おしりがほとんどスケスケじゃないか）

誰に見せるための下着だろうと、性生活まで想像してペニスを硬くする。そんなことがバレたら、彼女たちにここぞとばかり囃し立てられるのだとわかりつつも、こちらは若くて健康な男子なのだ。女性のあられもない姿に昂奮するのは致し方ない。

ところが、そうやって高まった欲望も間もなく打ち消される。充義は次第にやり切れなさを強め、苛立ちを募らせた。

（ひどい……これはあんまりだ！）

盗撮行為に対して怒りを覚えたのではない。その矛先は、画面に映し出されるうら若き女性たちに向けられていた。

こんな面倒なことを押しつけるなんて酷いじゃないかというものでもない。なぜなら、部署の異なる経理部の女子社員に対しても、同じように腹立ちを感じたからだ。

（何てひとたちなんだ、まったく）

憤慨しつつビデオ映像を見ていると、ひとの出入りがなくなって間もなく、始業のチャイムがテレビのスピーカーから聞こえた。それから十分ほど経って、更衣室に男が入ってくる。

（盗撮犯だ――）

彼がカメラを撤去するところが、ばっちり記録されていた。

いったん映像が切れ、再び映し出されたのは、今度は盗撮犯がまたもカメラをセットする場面だった。男がいなくなった後にチャイムが聞こえ、間もなくカメラを発見した総務部女子が現れる。彼女がこちらを見あげ、小首をかしげて両手を差しのべたところで、画面が酷く揺れて真っ暗になった。最後に『何よ、これ!?』という素っ頓狂な声があり、そこで終了。

「ふう……」

充義はため息をついた。

盗撮犯の顔には見覚えがあった。部署はわからないが、ここの社員に間違いない。カメラを発見されたことは本人もすでに気づいているだろうから、今ごろ蒼くなっているのではないか。

犯人がわかっても、充義はまったく気が晴れなかった。むしろ、ビデオ映像を見たことで生じた怒りは、しつこく燻っている。

(ううう、どうしてくれようか)

今しがた目にしたものを思い返すだけで、頭に血が昇る。内なるわだかまりを、誰かにぶつけたくて仕方なかった。

コンコン——。

ノックの音が響く。振り返るとドアが開き、顔を覗かせたのは――、

「ご苦労様、桜場君」

充義の上司、総務部主任の高橋由佳里であった。

いつものようにパリッとした、タイトミニのスーツ姿。ストレートロングの髪に黒縁のメガネは、理知的な美貌をいっそう惹き立てる。ドラマや映画に出てきそうな、中堅女優が演じるキャリアウーマンそのものだ。

すでに三十代前半のはずだが、メイクのノリがいい肌は艶めいて、二十代でも充分通用しそうな若々しさがある。仕事に関しては厳しいものの、面倒見がいいことから部下の女子たちにも慕われていた。

「あ、主任」

「ごめんね、変なことお願いしちゃって。どうしても抜けられない打ち合わせがあったから。それで、何かわかった？」

彼女はハイヒールをカツカツと鳴らして歩み寄ってくる。充義は慌ててカメラを操作し、盗撮犯の顔をテレビ画面に映し出した。

「ああ、営業部の渡部か」

由佳里が眉間にシワをこしらえ、人差し指でメガネのフレームの中心を押し上

げる。それは彼女が考え込むときのクセでもあった。

「最近、営業成績が落ちてるって聞いたけど、こんなことで憂さ晴らしをしてたなんて……それとも、こんなことばかりしてるから、営業に身が入らなかったのかしら？」

つぶやくように言って、深いため息をつく。あきれているというよりは、憐れみの情が強いようだ。クビになることが確実だからだろう。

「主任はこのひとのこと、よくご存知なんですか？」

ふり仰いで訊ねると、由佳里は画面を見つめたまま「ええ」とうなずいた。

「同期だからね。こんなことするヤツじゃなかったんだけど」

肩をすくめてかぶりをふる。なるほど、それではまるっきり他人事というわけにはいかないだろう。

「付き合いもそんなによくなかったし、ずっと独り身っていうのもアレだったのかもね。桜場君もこんなことにならないように、早めに彼女なり奥さんなりを見つけたほうがいいわよ」

「ぼ、僕はこんなことしませんよ！」

「まあ、それはわかってるけどね」

そうあっさり返されるのも、やはり一人前の男と見られていないようで面白くない。加えて、さっきからの積もり積もった不満もぶり返し、充義は我知らず顔をしかめていた。

「どうしたの、怖い顔しちゃって？」

由佳里に首をかしげられ、ハッとする。「あ、いえ、べつに」と取り繕おうとしたものの、

（待てよ。高橋主任なら、僕の言うことをわかってくれるかもしれないぞ）

充義は不意に希望を抱いた。なぜなら、三十代の女主任は、ビデオに映っていた若い女子社員たちとは違うのだから。

（……うん。主任はだいじょうぶだ）

タイトミニからのびた、彼女の脚を見て確信する。ベージュ色の薄物に包まれた美脚は、彼の甘美な記憶を掘り起こした。

だからこそ、自身の熱い思いを伝える気になったのだ。

「あの、主任に聞いていただきたいことがあるんですけど」

「なあに、改まって？」

「これを見てください」

充義は女子社員たちの着替え場面を再生した。

「……で、これが何？」

三十秒ほどもテレビ画面を眺めてから、由佳里が訊ねる。メガネの位置を直し、眉間のシワを深くしていたのは、こんなものを若い男性社員に見せてよかったのかと、今になって後悔したからかもしれない。彼女は制服を着用しなくてもいい立場になっており、そこに映ってはいないのであるが。

「何か感じませんか？」

「感じませんかって、わたしは女だもの。同性の着替えを見たって、べつに妙な気分にはならないわよ」

「いえ、そういう意味じゃなくて、何か気づきませんか？」

「気づく……」

私服を脱いで下着姿を晒す二十代の同性たちを、立ったままさらに一分もじっと見てから、由佳里はかぶりを振った。

「これといって問題になるようなことはないと思うけど」

「いえ、大ありです。僕も以前から薄々気がついていたんですが、これではっきりしました。先輩たちは明らかに間違っています」

「間違ってるって、何を？」

「よく見てください。誰ひとりとして、私服ではパンティストッキングを穿いていないんですよ！」

充義が声高に述べたことに、由佳里は口をあんぐりと開けて固まった。

2

充義がパンスト――パンティストッキングに並々ならぬ執着を持つようになったのは、高校二年生のときの、ある出来事がきっかけだった。
その日、間もなく結婚する従姉が、挨拶がてら家にやってきた。叔父である充義の父に披露宴のスピーチを依頼していたためもあったが、子供の頃から折々遊びに来ていたのだ。
彼女――桜場清香は、充義とは四つ違い。当時二十一歳の若い花嫁である。派手に着飾るタイプではなく、内面から溢れる美しさがそのまま容貌に現れた、人好きのする女性。目が子供みたいに細まる笑顔が愛らしい。
年も離れていたし、一緒に遊んだ記憶はほとんどない。清香のほうは屈託なく声をかけてくれたが、充義はぶっ切ら棒に対応することが多かった。もっともそれは、単に照れくさかったからである。

弟がひとりいるだけで、女のきょうだいがいない充義にとって、清香はそれこそ姉のような存在であった。ただ、そこに別の要素が加わったのは、第二次性徴期を迎える小学校の高学年ぐらいだったろう。

清香のほうは中学生で、からだつきも女性らしくなりつつある年ごろだ。小学生の充義には、彼女が一足も二足も先に大人になってしまったように感じられ、やたらと眩しく映った。

それが淡い恋心へと変化するのに、さほど時間はかからなかった。男の子なら誰でも経験するであろう、年上の異性への憧れ。充義の場合、その対象が四つ年上の従姉だったのである。

もっとも、たまに遊びにくることはあっても、頻繁に交流があるわけではない。年に数回がいいところで、それに清香のほうは、充義を従弟以上の存在とは見てくれなかった。だからもどかしくて、笑いかけられてもついそっぽを向いてしまったのだ。

そうして月日が流れる中で、少年も幼さを残しつつ大人びてくる。

からだの芯から湧き起こる性欲を持て余し、罪悪感を覚えつつ自らをしごくことが習慣となる。従姉への淡い想いでは到底おさまりがつかず、欲望と表裏一体の恋愛感情を身近な異性へ向けるようにもなった。

もっとも、それにしたところであれこれ妄想するぐらいが関の山。セックスへの抗い難い衝動はあっても、闇雲に異性を求めるほど貪欲にはなれない。好きな子に告白する勇気もなかった。

そうやって欲望と理性の狭間で煩悶していたときに、清香が結婚するという話を聞いたのである。

すでに彼女への恋心は薄らいでいたが、まったくショックがなかったと言えば嘘になるだろう。しかしながら今さらどうすることもできず、笑顔でお祝いを述べるしかなかった。胸の内に燻る想いを残したまま。

そんなふうだったから、充義はあんなことをしてしまったのかもしれない。

結婚の挨拶に訪れた清香は、お酒も入って話がはずみ、すっかり遅くなったため泊まることになった。客間に蒲団を敷くよう、充義が母親に命じられた。

八畳の和室に押入れから出した来客用の蒲団を敷きながら、充義はふと、清香とあれこれ話したい気分になった。ずっと好きだったなんて告白をするつもりはなかったが、これまで素直になれなかったぶん、最後にゆっくり語らうのも悪くないと思ったのだ。

ただ、改まってそんなことを提案するのは気恥ずかしいから、何か自然にそういう展開に持っていく方法はないだろうか。考えて、充義は押入れの中に身をひそめることにした。そうしていきなり出ていき、驚いた清香が笑ってくれれば、打ち解けた雰囲気になれるのではないか。

一計を案じ、充義は押入れの中で従姉がやって来るのを待った。それから五分も経たないうちに、和室の引き戸が開く。

部屋に入ってきた清香は、手に浴衣(ゆかた)を持っていた。最初から泊まるつもりではなかったから何も用意しておらず、母が寝間着代わりにと渡したのだろう。

すぐに出ていっては彼女も驚くまい。充義は襖(ふすま)の隙間(すきま)から外の様子を窺(うかが)い、飛びだすタイミングを計った。なるべく近くに来てからと思っていると、願いが通じたのか、浴衣を手にこちらにやって来る。

ところが、今だと襖を開けようとしたところで、清香が「ふう」とため息をついたのだ。それが、押入れにひそむ悪戯(いたずら)っ子の存在に気づき、あきれ返っているかに聞こえたものだから、充義は動けなくなった。

（まずい……バレてるのかな?）

そして、高校生にもなって何を子供じみたことをしているのかと、今さら恥ずかしくなる。これではとても自分から出ていけない。

だが、清香は押入れの従弟に気がついたわけではなかったらしい。叔父である充義の父を相手に飲み過ぎ、ひと息ついただけのようだ。

しかし、そうとわかっても、充義はそこから出られなかった。なぜなら、彼女がおもむろに服を脱ぎだしたからだ。

結婚間近のお姉さんは、クリーム色のブラウスに灰色がかった青いロングスカートという、清楚(せいそ)ないでたちだった。年頃の少年が覗いているとも気づかず、まずスカートがはらりと落とされる。

(わ——)

充義は危うく洩(も)れそうになった声を、どうにか呑(の)み込んだ。意外にむちっとした太腿(ふともも)がセクシーな美脚は、ベージュの薄物——パンティストッキングで包まれていた。

さらに、ブラウスもためらうことなく肩からはずされる。充義は目を瞠(みは)り、音をたてないように唾(つば)を呑み込んだ。

下着は上下とも純白で、レースで縁取られた大人っぽい瀟洒(しょうしゃ)なデザイン。着(き)

瘦せするのか、たわわな乳房はくっきりと谷間をこしらえており、ハーフカップのブラから今にもこぼれ落ちそうだ。

けれど、何より彼の目を釘づけにしたのは、ベージュのパンストを穿いた下半身であった。

(なんて色っぽいんだろう)

綺麗なお姉さんが、こんなにも男心をくすぐる一面を隠し持っていたなんて、思いもしなかった。

いったいどうして従姉のパンスト姿にそこまで心惹かれたのか、充義は自分でもよくわからなかった。身近にそういうものを着用する若い女性がいなかったから、新鮮に感じたのか。それとも、若い女性のナマ身の下着姿を目にするのが初めてで、昂奮させられたのか。

薄いナイロンに透けるパンティが、やけにエロチックに映ったのは事実である。それから、女らしい曲線を描く腰から太腿にかけてのラインが、ぴっちり張りついたパンストによって肉感を際立たせていたことも。

とにかく、様々な要素をあわせて充義が導き出した結論は、これこそ大人の女性のあるべき姿だというものであった。

（さすが清香姉ちゃんだ）

こんな魅力的な従姉がいることに誇らしさも覚える。

そのとき、清香がすっとしゃがみ込んだ。敷いてあった蒲団の掛け物を剝ぎ、シーツをあらわにする。

そして何を思ったか、押入れのほうにヒップを向けて四つん這いになったのである。

（——え!?）

充義は息を吞み、目を極限まで見開いた。

パンスト効果でむっちり感の際立つバックスタイルに、レースのパンティが色を添える。ここまで煽情的なものを目にしたことはかつてなかった。まあ、まだ高校生なのだから当然だが。

さらに清香は、猫が伸びをするときみたいに尻を高く掲げ、胸から上をシーツにぴったりとくっつけた。後から考えれば単なるストレッチかヨガのポーズだったのだろうが、そのときの充義には、まるで彼女が自分に見せつけるためにそんな姿勢をとったように感じられた。

醱酵してふくらみ過ぎたパン生地みたいな臀部は、ふたつの異なる下穿きで飾られ、魅力を何倍何十倍にも高める。あるいはナマ尻よりもエロチックではないだろうか。二十一歳よりずっと年上に感じられる色気に、十七歳の若いペニスはたちまち力を漲らせた。

（ああ、すごい……）

おそらく清香の目が向いていなかったから、そこまで思い切ったことができたのだ。充義はズボンの前を開き、硬くなったペニスを摑み出した。軽くしごいただけで、腰の裏が気怠くなる快美が生じる。

「く――」

洩れかけた声を慌てて呑み込む。荒ぶる息を嚙み殺し、従姉尻を窃視しながら強ばりきった分身をゆるゆると自己愛撫する。

実物の女体を目にしながらのオナニーなど、初めての経験だ。それだけに昂奮もひとしおで、充義はぐんぐん上昇した。

多量のカウパー腺液がくびれと包皮の隙間に入り込み、クチュクチュと粘っこい音をたてる。ペニス全体が甘い痺れにまみれ、しゃくり上げるように脈打つ。

襖の隙間を抜けて、清香の甘い香りが漂ってきた。気のせいではなく確かに嗅いだのだ。それにも昂奮させられ、手の動きが速まる。

（うう、出る）

いよいよ限界を迎え、こんなところで射精していいのかという思いが頭をもたげた。だが、すでに脳が愉悦（ゆえつ）に蕩（とろ）けており、とても中断することはできない。そもそもヤリたい盛りの高校生が、いよいよというところで射精を我慢するなど無理に決まっているのだ。

わずか二秒で決断し、充義は忍耐を早々に解き放った。幸いにも清香がポーズを崩さなかったので、パンスト尻に向けて発射するつもりで爆発態勢に入る。

ところが、いよいよクライマックスを迎えようとしたところで、

「清香ちゃん、お風呂どうぞ」

廊下から母親の声が聞こえてドキッとする。焦ってイキかけた勃起（ぼっき）を握りしめると、トロミの強い先走りが鈴割（すずわ）れから多量に溢れ出た。

「はーい」

返事をした清香が身を起こす。立ちあがると、パンストをむっちりヒップから剝（む）きおろした。

片脚ずつあげて薄いナイロンを巻き取っていく姿も、確かに色っぽかった。しかし、母親の声を聞いたあとでは、オナニーを続ける気にはなれない。充義は強

ばりを手にしたままじっと息をひそめた。

爪先から抜いたパンストを、清香はくるくると丸めた。と、手を止めてその一部をじっと見る。顔をしかめ、それを部屋の隅の屑入れにポイと投げ入れた。

薄物に覆われていない下着姿も、確かに魅力的だった。さっきの尻を高く掲げたポーズのせいか、パンティの裾からぷりっとしたお肉が大きくはみ出しているところもセクシーだ。

しかし、やはりパンスト越しに見るものよりも、色気や女らしさが欠けている気がする。

彼女が浴衣をまとい、部屋を出ていくのを見届けてから、充義は押入れからのそのそと這い出した。今さら緊張を覚え、ふうと息をつく。怒張したままのペニスを、苦労してズボンの中にしまった。

そして、直ちに屑入れを確認する。それはほとんど使っていない新しいもので、中がまったく汚れていないのが幸いだった。

（いいのか、そんなことをして⁉）

これからしようとしている行いに、良心が咎める。しかし、どうせ捨てられたものだからと自身に言い訳し、充義は丸められたパンストを屑入れから拾いあげた。胸をドキドキと高鳴らせながら。

ふわ——。

じっくり観察しようとしたところで、甘いかぐわしさが鼻腔をくすぐる。それによりためらいが消え失せ、震える指でパンストをほどいた。

清香がそれを屑入れに捨てた理由は、すぐにわかった。脹ら脛付近のところが、大きく伝線していたのだ。

それ以外には、汚れもシミも何もない。だが、どうしてこんなにいい匂いがするのだろう。

充義は広げたそれをクンクンと嗅ぎ回った。甘い香りが全体から漂っていることを理解すると同時に、それとは異なるなまめかしい匂いがこびりついているところを発見する。シームが葉っぱのかたちをこしらえる、股間に密着するクロッチ部分だ。

（これが清香姉ちゃんの——）

秘められたアソコの匂いなのだろうか。胸に溜まる悩ましさを含んだ媚臭は、ほんのり酸味が感じられる。

初めて嗅ぐ異性の神秘は、童貞少年を夢中にさせた。そそり立ったままのペニスが、もう一度しごいてくれとばかりに勢いづく。

再びオナニーへの欲求が高まった充義は、パンストを隠し持って客間を出た。足早に自室へ入り、誰にも邪魔されないプライベート空間で、じっくりとナイロンに染みついたかぐわしさを堪能(たんのう)する。

(え、これは⁉)

爪先にわずかだけあった生々しいすっぱみを嗅いだときには、綺麗な女性でも足が匂うという事実に驚くと同時に、激しく昂奮させられた。たまらず分身をあらわにして本能のままにしごき、めくるめく愉悦にまかれて青くさい樹液を放出したのである。

清香のパンストはビニール袋の中に大切にしまわれ、その後しばらく充義の自慰のお供になった。そして、パンティストッキングこそが女性美を最大限に引き出す魔法の衣類であると、彼は齢(よわい)十七歳にして悟ったのだ。

それは一種の刷(す)り込みであり、万人の賛同を得られるものではあるまい。しかし、少なくとも彼にとっては真理であり、絶対に譲れない鉄則であった。

もっとも、糸の太さは何デニールでなければならないとか、シーム——縫(ぬ)い目のラインはこうあるべきだとか、あるいはメーカーはどこがいいといった、パンストそのものに対するフェティッシュなこだわりはない。単純に、パンストを穿いた女性が大好きでたまらないのである。

あとは、この装いにはこの色のパンストを穿くべきという一家言があるぐらいか。それにしたところで声高に主張すれば、一般人にはドン引きされるに違いないのだが。

それゆえに若い女性がパンストを穿かなくなった昨今の現状は、充義にとって腹立たしい以外の何ものでもなかった。

3

「だいたい、今の女性たちはファッションの最も大切な部分を蔑ろにし、どうでもいいようなところばかり飾りたてています。まったく嘆かわしい。こんな派手なパンツを穿くぐらいなら、パンストを穿くべきなんです！」

充義がここぞとばかりにまくしたてるのを、由佳里は胡散臭そうに聞いていた。やっかいなことに巻き込まれたという顔をあからさまにして。

しかし、そんなことなどおかまいなく、パンストに魅せられた男は憑かれたようにしゃべりまくる。自分はパイプ椅子に腰かけ、上司を立たせたまま。

「そうやってパンストを忌避しつつ、彼女たちは何をチョイスするのか。あのレギンスとかトレンカという色気も慎みもない下穿きや、田舎の女子中学生にしか似合わないタイツという代物なのです。こんなことでいいんですか⁉　女性が女性らしくあるための最上のアイテムであるパンストを、もっとこのひとたちは着用すべきです。それこそ、通勤時の私服用と、制服用をわけて穿くぐらいに。装いにあったパンストを選び、身も心も女らしく飾りたてる。そういう大和撫子の精神が我が社の女性たち、いえ、全国の若い女性たちに欠けているんです！」

言いたいことをぶちまけてもなお鼻息の荒い充義に、由佳里はあきれ顔で肩をすくめた。

「……まあ、パンスト博士の言いたいことはわかったけど、今はそんなことなんかよりも、盗撮犯にどう対処するかということが重要なんじゃないかしら」

パンスト博士などと揶揄されたことにも気づかず、

「そんなことなんか？」

と、充義は憤りをあらわにした。

「僕に言わせれば盗撮なんかよりも、女性のパンスト離れのほうがずっと重大な社会問題だと思いますけど」

頭に血が昇っているから言うことが無茶苦茶である。これはまともに相手をするだけ無駄だと気づいたのだろう、由佳里はかぶりを振った。

「ああ、もう、わかったわよ」

苛立ちを眉間に刻み、やれやれとため息をつく。

「だけど、あなたのそのパンスト万歳っていう主張を聞かされて、わたしはどうすればいいの？」

「それは――上司として、女子社員に通勤時やプライベートでもパンストを着用するように命じるとか」

「そんなことできるわけないでしょ。内勤の女子社員は制服着用が義務づけられているけど、それ以外は個人の自由だもの。我が社の社員として品位を保つようにっていう指導ならしてるけど、残念ながらパンストを穿けば品位が保てるってわけじゃないからね」

「う……で、でも」

「ようするに、桜場君は単に自分の趣味を他人に押しつけているだけなの。違うかしら？　百歩譲って熱意は認めてあげてもいいけど、そんなふうだから総務の女の子たちにもからかわれるんじゃないの？」

きっぱりと言われたことで、充義はようやく目が覚めた気がした。上司相手に何をムキになっていたのだろう。今さら恥ずかしくなってくる。

（ああ、主任にみっともないところを見せてしまった……）

由佳里は落ちついた大人の女性だけあって、他の先輩女子たちのように新人男子をからかったりしない。仕事もきちんと教えてくれる。

だから充義も彼女を尊敬し、慕っていたのだ。

そんなひとの前で醜態を晒してしまった。恥ずかしくて情けなくて、涙が出てくる。すっかり打ちひしがれた充義は、俯いて肩を落とした。

「ちょっと、どうしちゃったのよ⁉」

うって変わって落ち込んだ青年に、由佳里が困惑して声をかける。けれど合わせる顔がなくて、充義は下を向いたままだった。

「もう、しょうがないなあ」

弟に手を焼く姉みたいな口ぶりで苛立ちをあらわにし、女主任はもうひとつパイプ椅子を持ってきた。部下の横に置いて腰をおろす。

「ほら、顔を上げなさい」

命じられ、充義が怖ず怖ずと顔を上げれば、由佳里はベテランのカウンセラーのごとく、穏やかな表情を浮かべていた。

「だけど、さっきみたいなこと、どうしてわたしに話したの？　わたしなら、女の子たちに注意してくれると思ったから？」

優しく問いかけられ、充義は正直に打ち明ける心づもりになった。

「それもありますけど……主任なら、僕の言いたいことをわかってくれるんじゃないかと思ったからです」

「どうして？」

「だって、主任は僕が尊敬する大人の女性で、綺麗だし色っぽいし、それから、常に装いに合ったパンストを穿いていますから」

これには、由佳里の顔に狼狽が浮かぶ。

「き、綺麗だなんてそんな——上司をからかうものじゃないわ」

即座に言い返されたものだから、充義はまたムキになった。

「からかってなんていません！　主任は綺麗で、パンストもよく似合っています。僕の憧れの女性なんですから」

ますますうろたえた由佳里が、目を落ち着きなく泳がせる。

「あ、ありがと……」

口ごもるように礼を述べると、泣きそうな顔になって目を伏せた。

由佳里は三十路を過ぎても独身で、浮いた噂を聞いたことがない。昔はきっとモテたに違いないが、今は主任という立場もあって仕事ひと筋のため、男に目をくれる余裕がないのだろう。

だから、久しぶりに綺麗だと言われ、テンパったのではないか。あるいは、相手が十歳ほども年下の男であったため、照れてしまったとか。

どちらにしろ、彼女が純情な少女みたいにモジモジしだしたものだから、充義も落ち着かなくなった。そればかりか、擦りあわされるパンストの美脚が目に入ることで、劣情すらこみ上げてくる。

（馬鹿、何を考えているんだ……主任なんだぞ）

しかし、意識すればするほどに欲望が募り、抑えきれなくなる。

そのとき、由佳里が上目づかいで見つめてきたものだから、充義は心臓の鼓動を跳ねあげた。

「……ね、桜場君。どうしてそんなにパンストに執着するようになったの？」

「執着って、僕はべつに……」

「よかったら話してくれない？　そうすれば、力になれるかもしれないし」

ただ誘導されているだけだと、もちろんわかっていた。理由を聞いたからといって、女子社員たちにパンスト着用を働きかけられるわけがないのだから。

けれど、上司たる色っぽい熟女の誘いは抗い難く、充義は正直に過去の出来事を話した。従姉の着替えを押入れから覗き、パンスト姿に魅せられたことを。

もっとも、さすがにマスターベーションをしたことや、捨てられたパンストを我がものにしたことは打ち明けられなかったが。

あるいは、由佳里はそれを見抜いていたのだろうか。取り繕（つくろ）った告白に納得しなかった。

「なるほどね……だけど、着替えを覗いただけなの？」

「え？」

「さっき、あんなにムキになってたってことは、そのときもかなり昂奮したんじゃない？」

「それは……」

「高校生だったんだし、自分でしたんじゃないの？」

自慰行為を示唆（しさ）する問いかけに、充義は驚いて固まった。ところが、さらに信じ難い質問が投げかけられる。

「ねえ、昂奮して、オナニーした？」

ストレートな言い回しに驚愕する。あの真面目で仕事のできる主任が、そんないやらしい単語を口にしたなんて信じられなかった。

気がつけば、由佳里の目が妖しくきらめいている。それは、新人男子をからかうときに先輩女子たちが見せる眼差しと共通するものだった。

（ひょっとしたら主任も――）

部下の女子社員たちと一緒に、若い男の子をオモチャにしたかったのだろうか。上司の手前そんなことはできなかったが、充義が打ちひしがれたところを見せたために、嗜虐心に火が点いたのかもしれない。

「ね、したんでしょ⁉」

畳みかけられ、充義は反射的にうなずいていた。恥ずかしい秘密を知られてしまい、頬が燃えるように熱くなる。

「やっぱり……」

つぶやいた由佳里がすっと立ちあがる。つられて、充義も顔をあげた。

「じゃあ、わたしのパンストを見たら、同じように昂奮するのかしら？」

艶めく瞳に射すくめられ、何も答えられない。そして、彼女は返事を待つことなく、タイトミニのホックに手をかけた。

（まさか――）

焦る間もなく、支えを失ったスカートがすとんと落ちる。ブラウスの裾が腰回りを半分近く隠しているが、ベージュの薄物に包まれた艶脚が腿の付け根まであらわになった。

「ああ……」

思わず洩らした感嘆の声は、由佳里の耳にも届いたらしい。頰に満足げな笑みが浮かぶ。

「どう？」

挑発的な眼差しで感想を求め、ブラウスの裾もめくりあげる。薄いナイロンに透けるのは、白いレースで縁取(ふちど)られた紫のパンティだった。

（ああ、なんてセクシーなんだ）

大人っぽいカラーが、熟女の艶腰によく似合っている。もちろんベージュのパンストとの相性もばっちりだ。

「どうかしら、昂奮する？」

ストレートな問いかけに、充義は反射的にうなずきかけたものの、思いとどまった。そんな品のない言い回しは、胸に募る大いなる感動を表すのに不適切だったからだ。

「昂奮っていうか……とても色っぽいです。セクシーで、これこそ大人の女性だって思います」

しかし、結局はありきたりの言葉しか出てこない。己の語彙の貧困さに、歯噛みしたくなる。

だが、当の由佳里のほうは、その程度の称賛でも身に余ると感じたらしい。

「そ、そう？　ありがと……」

また口ごもって礼を述べ、くるりと回れ右をする。顔を合わせているのが照れくさかったのだろう。

そして、向けられたパンスト尻に、充義はさらに感激させられた。

（主任のおしりだ――）

どっしりした丸みは、今にも果汁がじゅわっと溢れそう。巨大な桃かマンゴーか、完熟の風情にむしゃぶりつきたいという衝動が抑えきれなくなりそうだ。

網目の濃くなったナイロンにぴっちり守られてなお、重たげなお肉が下側に綺麗な波型のラインをこしらえている。従姉のヒップも充分色気があったが、やはり三十路を過ぎた女性に敵うものではない。

もちろんそれは、パンストとの絶妙なマッチングがあってこそである。

(やっぱり主任は本当のおしゃれをわかってるんだ)

うっとりし、口を半開きにして見とれていると、いつの間にか由佳里が顔をこちらに向けていた。年下の男にちょっぴりあきれた眼差しを浮かべつつ、唇には優しい笑みが浮かんでいる。

「可愛い目しちゃって」

みっともない顔を見られていたとわかり、充義は赤面した。けれど、魅惑のヒップから視線をはずすことができない。

「そうね……ビデオチェックを頑張ってくれたんだし、わたしからご褒美をあげようかしら」

これには、「え!?」と驚いて美熟女主任の顔を見る。

「お望みのことをさせてあげるわ。見るだけじゃなくて、さわってもいいわよ」

初めてレストランに連れていかれた子供が、何でも好きなものを注文しなさいと言われたにも等しかったろう。喜びが胸いっぱいに広がる。

「ほ、本当ですか!?」

「ええ、どこがいいのかしら。太腿？　おしり？」

もちろん充義の答えは決まっている。さっきから、そこに触れたくてたまらなかったのだから。

「あ、あの、おしりを」

「やっぱりね」

見抜いていたらしい由佳里がクスッと笑う。

「じゃ、ソファーに坐(すわ)って」

バクバクと高鳴る心音を持て余しつつ、充義が三人掛けのソファーに移動して腰をおろすと、その前に彼女が立つ。

「はい、どうぞ」

軽く曲げた両膝(りょうひざ)に手をつき、誘惑のポーズでたわわなヒップを突き出した。

ふわ……。

甘いような酸っぱいような、何とも形容し難いよい香りが漂ってくる。それが魅惑の眺めを何倍にも惹き立て、頭がクラクラするようだった。

（素敵だ……）

頭に浮かぶのは、そんな単純な感想のみ。あとは溢れる熱情に従って、充義はいかにも弾力に富みそうな臀部に両手をのばした。曲面に沿って掌を窪ませ、ぴったりと密着させる。

「ああ……」

洩れる感嘆の声もいたってシンプル。すべすべで、けれどほんのりザラついた感じもある悩ましい肌ざわりは、犬や猫を撫でたときと似ている気がした。だからこんなにも愛おしく思えるのだろうか。

あれだけパンストの魅力を熱く語っても、女性が身にまとった状態で触れるのは、これが初めてだ。従姉の脱ぎ捨てたものを愛でたときには、肝腎の中身が無かったから。

そして、改めて確信する。やはり女体あってこそのパンストなのだと。

見た目のエロチックさだけでなく、ふっくらしたお肉の感触も、人工的な繊維によって柔和感を高められている。まさに自然と科学の類い稀なコンビネーションであると、充義は信じて疑わなかった。

(ノーベル賞は、パンストを発明したひとにこそあげるべきだ!)

それも断然平和賞だ。なぜなら、どんなに冷酷な独裁者も、パンストを着用したおしりを撫でるだけで、そんな争い事はどうでもよくなるに違いないのだから。

事実、充義も我を忘れ、うっとりとパンスト尻を撫で回していた。

すりすり……さわさわ——。

それは決して強い触れかたではなく、指先もわずかしか喰い込んでいない。二枚重ねの下穿き越しに、お肉のぷにぷに感を愉しんでいる程度だった。

それゆえに、由佳里は焦らされている気分だったのではないか。

「ねえ、もっと強くしてもいいのよ」

豊満な熟れ尻をくねらせ、許可というよりはおねだりの口調で告げる。ならばと、充義は指先に力を込めた。

（うわ、柔らかい）

どこまでも受け入れてくれそうに、指がめり込んでいく。いけないことをしている気になって離すと、柔肉がぷるんと心地よさげにはずんだ。ゴム鞠みたいに、すぐに綺麗な丸みに戻る。

（ああ、なんていいおしりなんだろう）

かなりの張りと弾力は、それだけ由佳里が若々しい証拠であろうが、パンストのおかげもあるのではないか。伸縮性のある薄布がボディをぴっちりと包むことで、美麗なラインを保持していると思えてならない。

やはりすべての女性はパンストを穿くべきなのだ。思いを新たに柔肉を揉み撫でるうちに、女上司のヒップが左右に振られだした。

「あ……ンぅ」

切なげな喘ぎも洩れ聞こえる。豊臀への愛撫に、どうやら由佳里が感じてきたようである。

(うう、いやらしい)

情感を煽られ、充義の手指もいっそう破廉恥な動きを示す。シームを中心にして分かれた双丘を互い違いに上下させたり、左右に分けて見えない谷間を開くことまでした。

「やぁん」

なじる声音も艶っぽく、もっとしてと誘われているかのよう。パンストに包まれた肌が汗ばんだのか、手にほのかな湿り気が感じられるようになった。

さらに、鼻先をくすぐる熟女のフェロモンが、より煽情的な成分を強める。ケモノっぽい饐えた匂いが鼻奥にまで忍び込み、熟れ尻を悠長に愛でるだけでは我慢できなくなる。

（主任はたしか、お望みのことをさせてあげるって言ったよな……）

つまり、好きにしてもいいということだ。

本人に確認せぬままそうと決めつけ、充義はたわわな双丘の中心に鼻面を埋めた。しかし、蒸れた女くささを嗅いだと思った瞬間、

「キャッ」

悲鳴をあげた由佳里が飛び退いてしまう。

「な、なに⁉」

驚きと嫌悪の眼差しを向けられ、充義は急に恥ずかしくなった。

「だって、主任が好きにしてもいいって——」

口ごもって言い訳すると、熟女上司が《そんなこと言ったかしら？》というふうに顔をしかめる。だが、似たようなことを告げたのは間違いなく、

「もう、しょうがないわね」

やれやれというふうに肩をすくめた。

「だったら、そこに寝なさい」

「え？」

「ソファーに仰向けになるのよ」

まさかという期待を胸に、充義は革張り(かわば)の座面を背に仰臥(ぎょうが)した。すでに最大限に膨張(ぼうちょう)した分身がズボンの前を突っ張らせており、そこに視線をチラッとくれてから、由佳里が顔の脇に立つ。

「苦しかったら、ちゃんと言うのよ」

回れ右をし、もっちりヒップで顔に坐ってくれたのだ。

「むううう」

充義は全身を硬直させ、感動の呻(うめ)きをこぼした。

彼女は完全に体重をあずけたわけではない。背もたれに肘(ひじ)をつき、部下を窒息(ちっそく)させないようからだを支えていた。

おかげで、充義は程よい重みを顔面で受け、尻肉のもちもちした柔らかさを心ゆくまで堪能することができた。それから、二枚の布でしっかり守られた秘部がくゆらせる、濃厚な媚臭も。

(うう、すごい)

一日働いたあとで、本体もクロッチも様々な分泌液(ぶんぴつえき)で汚れているに違いない。繊維には尿の名残と思われる匂いも染み込んでいた。それらすべてが合わさって、磯(いそ)くささにチーズをまぶしたような、あるいは草いきれに煮つめた汗を混ぜたような、はっきりこれとは形容できないフレグランスを醸成する。

だが、美しい熟女の芳醇な香りは、それがどんな種類であろうと牡を昂奮させるもの。まして他人には決して知られたくないであろう、秘められたところのフェロモンなら尚のことだ。

「こういうのが好きなんでしょ？」

そうに違いないという響きを含んだ問いかけに、「うーうー」と唸りながらうなずく。鼻頭が秘部のあたりをこすり、由佳里が「ああん」と色っぽい喘ぎをこぼした。けれど、すぐにはしたないと気がついて、女陰をキュッとすぼめる。

「い、いつも彼女にパンストを穿かせて、こんなことをしてもらってるんじゃないの？」

この問いかけに、充義は首を横に振った。パンストを穿かせるどころか、異性とこうしてふれあうのは、まったくの初めてなのだから。

「桜場君、ひょっとして童貞？」

総務部の女の子たちが新人男子をチェリーボーイと決めつけ、からかっているのは由佳里も知っている。だから、今さら取り繕う必要もなく、充義は再びうなずいた。

「もう……童貞のくせにこんなのが好きだなんて、本物のヘンタイになっちゃうわよ」

自ら率先して顔面騎乗をしながら、そんなことを言う。理不尽だと思ったものの、事実パンスト尻との密着に昂ぶっていたのだ。見抜いた由佳里はさすが素晴らしい上司であると、素直に感心する。

と、不意に由佳里が焦ったように身を強ばらせた。

「ね、ねえ、わたしのそこ、くさくないの⁉」

今さら気がついたのか、焦りをあらわに問いかけられる。けれど、充義は何も答えなかった。匂ったのは確かだが、くさいとは感じなかったからだ。

しかし、男の沈黙がイエスであると、彼女は判断したらしい。

「やだ、もう」

慌てて腰を浮かせようとしたのを、充義は咄嗟に腰を抱え込んで制した。そのせいでバランスを崩した女主任が、「キャッ」と悲鳴をあげてまともに体重をかけてくる。

「むうううう」

強烈な重みがいっそうの密着感と、お肉の弾力を伝えてくる。呼吸困難に陥り苦しかったのは確かだが、後頭部がめり込むソファーもクッションが効いて柔らかだったから、それほどのダメージは受けなかった。

「も、バカぁ」

由佳里がいやいやをするようにヒップをくねらせる。それによって鼻面がますます秘芯にめり込み、濃密な女くささにむせ返りそうになった。

（ああ、天国だ）

酸素不足で頭が朦朧となりつつも、ぷりぷりおしりと淫らなフェロモンは、これ以上はない夢見心地に充義をいざなった。このまま死んでも惜しくないと、艶腰にがっちりしがみつく。

「駄目だったら……ああん、お、重くないの？」

「むぅむう……むふぅう」

「やだ、ちょっと――にに、匂い嗅がないでよッ！」

いくらなじろうが尻で押し潰そうが、充義がまったく従わなかったものだから、由佳里はとうとう根負けした。

「ああ、もう、わかったからぁ。ね、イイコトしてあげるから、一度離してちょうだい」

(え、いいこと?)

何だろうと考えて手が緩んだのを逃さず、彼女はパッと飛び退いた。

「ったく、ほんとにヘンタイなんだから」

頬を紅潮させて睨まれ、さすがにやりすぎたかと充義は首を縮めた。あまりに甘美な体験に、つい我を忘れてしまったようだ。

それに、由佳里がどいてくれなかったら、本当に窒息死したかもしれない。

「ほら、そこ、大きくなってるじゃない。落ち着けるようにスッキリさせてあげるから、下を脱いで」

口早の命令に、充義は一瞬きょとんとなった。しかし、しかめっ面をこしらえる美貌の上司が、チラチラと牡の股間に目をくれていたものだから、そういうことかと理解する。

「は、はい」

充義は寝ころがったまま、ズボンとブリーフをまとめて膝まで脱ぎおろした。

相手は十歳ほども年上で、おまけにパンスト尻を与えてくれた心優しき大人の女性。恥ずかしさはほとんどなく、むしろ甘えたい心境になっていた。

だが、そそり立つシンボルをまともに見られたときには、さすがに頬が熱くなる。女を知らないそれは先端こそしっかり剝けているものの、亀頭は曇りのない鮮紅色だし、全体にナマ白い。いかにも童貞という佇まいだ。

「こんなに腫らしちゃって……」

ペニスを見つめてつぶやく由佳里の瞳は、レンズの向こうで妖しく濡れ光っていた。女の熱情が溢れているようにも感じられ、胸がドキドキしてくる。

（主任が僕のを――）

イイコトをしてあげる、スッキリさせてあげるというのは、つまり射精に導くということだ。手でしごいてくれるのか。それとも口でか。あるいはいっそ女のからだを教えてくれるのか。

湧き上がる期待に胸が張り裂けそうだ。早くしてほしいという切望がこみ上げ、鈴割れからも透明な液体がトロリと溢れる。糸を引いて滴ったそれは、根元の陰毛に水滴をこしらえた。

それが合図ででもあったかのように、脇に立った由佳里が前屈みになる。白魚の指を、猛る牡棒に差しのべた。

「あうう」

軽く握られただけで、充義は腰をビクンと跳ねあげた。初めて他人に触れられた分身は、むず痒さとくすぐったさが一気に押し寄せたのにも似た快美感にまみれた。

「敏感なのね。さすが童貞だわ」

揶揄するでもなく言い、熟女が握りをキュッと強める。それにより、不安を覚えるほど悦びが高まった。

「あ、ああ、主任……」

「すごく硬いわよ」

ほうと感心のため息をこぼした由佳里が、手をゆっくりと動かしだす。硬い芯を包む皮が一緒になって上下し、快い摩擦に腰をくねらせずにいられない。

(何て気持ちいいんだ)

今は彼氏がいる様子はなくとも、やはり相応の男性経験を積んでいるのだろう。慣れているとわかる愛撫に、充義は容赦なく上昇させられた。

(あうう、まずいよ——)

滾々と溢れるカウパー腺液が包皮と亀頭の隙間に入り込み、クチュクチュと泡立つ。童貞ペニスは愉悦に蕩け、ビクンビクンと雄々しくしゃくり上げた。このままでは遠からず射精してしまう。

「主任……も、出ちゃいそうです」

歓喜のトロミが屹立の根元で沸騰する。充義は息を荒らげながら、切羽詰まった状況を訴えた。

「え、もう⁉」

由佳里が驚きを浮かべ、根元を強く握る。白く濁った先走りが湧出し、赤く腫れた尖端をおびただしく濡らした。

「すみません。主任の手が、すごく気持ちよくって」

正直に伝えると、年上の女が眉間のシワを深くする。気分を害したわけではなく、単に照れくさかったのだろう。

「……わかったわ。こんなになったら出さなきゃ気が済まないだろうし、いつでもイッていいわよ」

許可を与え、由佳里がもっちりヒップを部下の顔に向ける。

「ほら。わたしのおしりをさわってていいから」

頭が快感に蕩けていた充義は、少しも遠慮などしなかった。すぐさまパンスト尻に手をのばし、ぷりぷりした弾力に富む熟れ肉を揉みまくる。

それとほぼ同時に、手の愛撫が再開された。

「ああ、ああ、すごい。とても気持ちいいです、主任」

称賛にいちいち応じることなく、彼女は無言で硬い肉棒をしごき続ける。強い握りで、上下の振れ幅も大きくして。

(ううう、よすぎる……)

目のくらむ悦びに、頭の芯が痺れてくる。手コキに同調して腰を上下させながら、充義はたちまち性感の高みへと昇った。

「ああ、出ます、出る──う、いく」

腰の裏で起こった爆発が全身に広がる。下半身をぎくしゃくと跳ねさせ、濃厚なエキスを勢いよくほとばしらせる。

どぴゅんッ──‼

その瞬間、充義の脳内が真っ白になった。

4

「すごく出たわ……」

つぶやいた由佳里が、肉根に巻きつけたままの指をゆるゆるとすべらせる。ペニス全体が白濁のシロップをかけたようになっており、当然ながら彼女の手指を青くさくヌメらせていた。

刺激を与えられる分身は、少しも萎える気配を見せない。切なさの極致とも評すべき快感にまみれて、ズキズキと脈打つ。

「ちょっと、どうして小さくならないのよ?」

由佳里が不服そうに顔をしかめる。初めての異性交遊に昂奮しすぎているせいもあるのだろうが、こうしてしごき続けられれば、萎えるものだって萎えなくなってしまう。要は彼女にも責任があるのだ。

だが、奉仕される身で反論することもためらわれる。充義は唇を歪めて沈黙を決め込んだ。拗ねた眼差しで女上司を見つめて。

すると、由佳里がうろたえたように視線を泳がせる。

「もう……また可愛い目をして」

特別なことをしているつもりなどなかったものだから、充義はきょとんとなった。年が離れているから、幼い子に何かをせがまれているみたいに感じ取ったのかもしれない。

ちょっと迷った表情を見せたあと、由佳里は勃起を握っていた右手をはずした。ザーメンにまみれたそちらは使わず、左手だけでパンストを腿の半ばまで脱ぎおろす。

続いて、パンティも。

熟女の淑(しと)やかな動作をぼんやり見守っていた充義は、女らしくふっくらした下腹に黒い翳(かげ)りを見つけてドキッとした。下着に押さえつけられて逆毛(さかげ)立ったそれはやけに生々しく、ようやく彼女が何をしようとしているのか理解する。

(主任は僕に――)

女のからだを教えようとしているのだろうか。

驚きと期待をあらわに見つめていると、由佳里が動揺を示す。自らのしていることに、今になって羞恥(しゅうち)を覚えた様子だ。

「さ、桜場君がこれでヘンなことに目覚めて、犯罪者になられても困るもの。妙な気を起こさないように、初体験だけさせてあげるわよ」

言い訳にもならないことを早口でまくしたて、充義の腰を跨(また)いでくる。背中を向けたのは、やはり顔を合わせるのが照れくさかったからに違いない。

(主任って、けっこう恥ずかしがり屋なのかも)

普段がキリッとしているから、そのギャップにも胸がときめく。仕事に厳しいだけのひとではなく、女性らしく慎ましい一面も持っていたのだ。

もっとも、行動そのものは大胆であったが。

丸まるとしたヒップを年下の男に見せつけ、逆手に握った屹立の真上に沈ませる。上半身は着衣のままだから、白くなめらかな桃肌がやけにエロチックだ。

精液をまつわりつかせたままなのは、潤滑のためだろうと思っていた。ところが、尻の谷間にもぐり込んだ尖端が女芯と密着するなり、熱さが粘膜に沁みるように伝わってきた。

（え、濡れてる？）

その部分はトロトロと煮崩れているかのよう。滴るものが亀頭の丸みを伝うのもわかった。

いくら童貞でも、女性が濡れることの意味ぐらい知っている。そして、充義は不意に悟った。

（初体験をさせてあげるとか言ったけど、主任は単にセックスをしたくなったんじゃ――）

若いペニスを愛撫し、射精に導いたことで、女としての欲望が目覚めたのではないか。いや、もしかしたらその前に、顔面騎乗で部下に艶尻を与えたときから昂ぶっていたのかもしれない。

しかし、いざというところにきて、迷いが生じたようだ。由佳里は強ばりの切っ先を恥割れにヌルヌルと擦りつけるだけで、なかなか結合しなかった。

(うう、早く)

初めての女芯探訪への期待が全身に漲る。昂奮が高まり、柔らかな指で支えられた分身がまたも爆発しそうだ。

焦りを覚え、充義は腰をわずかに突き上げた。それで熟女がハッとして身を強ばらせる。

「い、挿れるわよ」

横顔を見せて告げるなり、体重をそそり立つものの真上にかける。濡れた肉割れに、亀頭がヌルリともぐり込んだ。

「あはぁ」

のけ反って声をあげた由佳里が、力尽きたように坐り込む。

ぬむむむ――。

童貞ペニスは、温かく濡れた膣に難なく吸い込まれた。柔ヒダが余すところなく快い摩擦を与えてくれ、充義も「あうう」と呻く。

(これが女のひとの――)

初めて味わう女性の深部。なんと心地よいのか。ペニスが砕いたゼリーに包まれているみたいだ。

次の瞬間、女窟（にょくつ）がキュウッとすぼまった。

「くはぁ」

ゆったりした快さが、くっきりした快感に変化する。微妙に蠢（うごめ）く膣壁（ちつへき）が、くすぐったいような気持ちよさを与えてくれた。

「あん、久しぶり」

つぶやいた由佳里が、尻の筋肉をキュッキュッと収縮させる。まるで迎え入れた牡根の硬さを確認するように。それによって内部にも変化が生じ、締めつけが多彩になった。

「あぁあ……」

歓喜を浴びた分身が、いっそう硬くなって伸びあがる。奥まったところに入り込んだ亀頭が蕩ける媚肉に包まれ、ビクンビクンと小躍（こおど）りした。

(これがセックスなんだ！)

女性と深く交わっている実感が、胸底からこみ上げる。続いて、これで男になれたという喜びも。

「う──動くわよ」

口早に告げ、由佳里がヒップを振り出した。股間に乗ったたわわな丸みが、クイッ、クイッと前後に動く。

「うあ、あ……ううう」

ヌルヌルのヒダが敏感な部分を隙間なく擦り、目のくらむ悦びがもたらされる。精液と愛液の混濁がたちまち泡立ち、グチュッと卑猥な音をこぼした。

「あ、あン、気持ちいい」

由佳里も快感に身を任せてよがり、腰の動きを速める。

（ああ、すごい）

ぐんぐんと高まる性感に、充義は為す術もなく手足をのばした。熟達した腰づかいに圧倒され、ひたすら悦楽に漂うのみ。

「ああ、あ、いいの。感じるぅ」

由佳里の声が高まる。着衣のまま尻だけをまる出しにした女上司の破廉恥な振る舞いに、充義はいつしか現実感を失っていた。

（これ、本当に主任なのか……？）

ぷりぷりと躍動する豊臀だけが妙にリアル。いつものように姿勢よくピンとのびた背すじも、軽やかにはずむ黒髪も、何だか別人のように感じられた。

けれど、彼女は間違いなく高橋由佳里そのひと。面倒見のいい主任に、初体験までさせてもらっているのだ。

(ああ、主任……一生ついて行きます)

大袈裟なことを考えたところで、由佳里の動きが前後から上下へと変わる。巨大なお餅みたいなおしりをはずませ、下腹にタンタンとぶつけてきた。これこそまさに尻餅だ。

「あふっ、あ、くふぅう、ふ、深いー」

感に堪えない声をあげ、ストレートの綺麗な髪を振り乱す。一心に快感を求める彼女を、充義は年上にもかかわらずいじらしいと感じた。

おかげで、いくらか落ち着くことができる。かなり高まっていた射精欲求もやり過ごせそうだ。

視線をおろせば、逆ハート型のヒップの切れ込みに、自身の欲棒が見え隠れする。白く濁った淫液がべっとりとまつわりついたそれは、気のせいかセックスをする前よりも逞しくなったかに見えた。

(僕、本当に男になれたんだな)

自信も湧いてきて、これからは先輩たちにからかわれても、うまく対処できそうな気がした。

と、頬を紅潮させた由佳里が、潤んだ目で振り返る。

「ね、ね、イッてもいい？」

休みなくからだを上下させながらのおねだりに、充義の胸がきゅんと締めつけられる。

「もうすぐイキそうなの。だから……さ、桜場君は？」

「ええ、僕ももうすぐ」

「だったら、あふ——も、もうちょっとだけ我慢して。わたしがイッてからな、な、中に出してもいいから」

「わかりました。頑張ります」

「お願い……ああ、お、大きいのが来るぅ」

もはや身も世もなく悦びだけに支配され、由佳里がもっちりヒップを勢いよく打ちおろす。肉の衝突(しょうとつ)が心地よいリズムを刻み、そこにぢゅぷりと淫らな粘つきが色を添えた。

「ああ、イクの、いく——くはぁあああッ！」

女体の動きが不安定になり、上半身をガクガクと揺すりだす。パンストを絡めたままの脚で充義の太腿を挟み込み、彼女はエクスタシーへと舞い上がった。

「イクッ、イク……くうううっ」

総身を強ばらせ、丸まるとした臀部にへこみができるほどキュッとすぼませる。それにより、熱く蕩けた内部も強烈に締まった。

「くあああ」

めくるめく射精感に意識が飛びかける。充義も背中を浮かせ、膣奥に牡の精をだくだくと放った。

第二章　初めてのパンスト

1

童貞を卒業して男になれたことで、総務部内での充義の地位（？）は向上した。いや、向上するはずだった。

だが、たった一度セックスを経験しただけで、何かが劇的に変わるわけがない。しかも、まったくの受け身で結合が果たされただけなのだから。

（そう言えば、主任とはキスもしていないし、おっぱいもアソコも見ていないじゃないか……）

後になってやり損じたことが次々と出てきて、充義は悔やみきれずに頭を抱えた。パンストヒップで顔面騎乗までしてもらったくせに、贅沢と言われればそうなのであるが、やはりひとつ性交もとい成功すると、あれもこれもという気になってしまうもの。

ともあれ、相も変わらず先輩たちにからかわれまくりの充義である。

「ねえ、それで、あたしたちの着替えを見てどう思ったの？」

「昂奮した？」

「誰のカラダがいちばん綺麗だった？」

予想どおりに取り囲まれ、盗撮ビデオの感想を求められたときも、うろたえて真っ赤になるばかり。ちゃんとパンストを穿くべきだと注文をつけたかったはずが、そんな余裕は微塵もなかった。

充義は助けを求め、由佳里のほうに縋る眼差しを送った。ところが、関係を持ったことを他の社員たちに勘繰られてはまずいと思ったのだろう、ぷいと顔をそむけられる。その後も、仕事のことはちゃんと教えてくれるものの、彼女が親密な態度を示してくれることはなかった。

もしかしたら、あのときはしたなく乱れたせいかもしれない。若い部下にみっともないところを見せてしまったのであり、上司として一生の不覚と後悔しているのではないか。

実際、ふたりっきりになると妙によそよそしくなる。充義がパンストの脚をチラリとでも見ようものなら途端に不機嫌になり、八つ当たりみたいに厳しく叱られるのだ。

あのときはあんなに優しかったのに。スベスベもっちりのパンスト尻を思い出すだけで、切なさに身が焦がれる。

（ああ、もう一度主任のおしりにさわりたい……）

できれば顔面騎乗もしてもらいたい。秘部にこもるいやらしい匂いを、心ゆくまで嗅ぎまわりたい。

熱望ばかりが募るものの、それが叶えられる様子はない。いっそ主任ではなく、他の先輩たちに甘えてみようかとも考えたが、パンストを蔑ろにする彼女らに、充義はこれっぽっちも魅力を感じなかった。

初体験で由佳里にあそこまでしてもらったことで、さらにパンスト嗜好（志向）が高まったようである。あの魅惑的な薄物がない限り、牡の劣情はピクリとも反応しなさそうだ。

充義は天を仰ぎ、星に願った。

（ああ、どこかに僕だけの、パンストを穿いた天使はいないだろうか――）

「桜場先輩ッ！」

いきなり背後から声をかけられたのは、会社帰りの駅に向かう途中であった。

「え？」

振り返れば、屈託のない笑みを浮かべた女の子。上下黒のリクルートスーツで身を固めた彼女は、大学の同じ研究室で一年後輩だった篠崎くるみだ。

「ああ、くるみちゃん、久しぶり」

大学卒業以来となる邂逅に、充義の頬も緩んだ。

名前はくるみでも、顔だちはそれを好むリスを思わせる。くりくりした丸い目と、笑顔からこぼれる白い前歯が印象的だ。

かなりの童顔だが、彼女は見た目だけでなく言動も子供っぽかった。高校生ぐらいから、中身がまったく成長していないかのように。身長こそ平均ぐらいはあるものの、女らしいなんて形容詞とは無縁だった。

その印象は今もまったく変わらない。大学四年生で、もう二十二歳のはずなのに。パンツスーツも着ているというより、明らかに着られているふう。ベタベタ化粧をさせられた幼い子供みたいに違和感たっぷりだ。

もっとも、当の本人はまったくメイクをしておらず、すっぴんのようである。

ショートカットの髪も染めずに黒いまま。今どき中高生だってあれこれ飾りたてるというのに、これも大学時代と変わっていなかった。

「元気でした、先輩？　あ、お仕事帰りですよね」

「うん」

「いいなあ。あー、あたしも早く就職したい」

半年ぶりぐらいに言葉を交わすのに、くるみは昨日まで一緒にいたかのごとく、気やすく愚痴をこぼす。もともと人懐っこい性格であったようだが、充義に対しては特に気を許し、甘えられることも多かった。卒論の研究テーマが同じだったためと、それから、お兄ちゃんに似ているという理由で。

くるみは五人きょうだいの末っ子。しかも上の四人は全員男だという。それで可愛がられて、甘えっ子になったのだろう。身なりや言葉づかいが、著しく女らしさに欠けるのもうなずける話だ。

そして、充義は特に優しかった兄のひとりと、雰囲気が似ているのだという。それだけのことで甘えてきたのは、田舎からひとりで出てきて、庇護される状況から離れた不安もあったのではないか。

まあ、可愛い女の子から慕われれば、悪い気はしない。充義もくるみの面倒をよく見た。それこそ、妹の世話を焼くようなつもりで。

異性として意識したことはまったくない。なぜなら、充義の理想はパンストがよく似合う、大人の女性なのだ。

今もパンツスーツだが、くるみがスカートを穿いているのを見たことがなかった。つまりパンストとも無縁であり、彼女は充義の好みにまったく合致しなかったわけである。

「先輩、これからお家に帰ってご飯ですか？」

「うん、そうだけど」

「あ、じゃあ、あたしの部屋に来ませんか。久しぶりにご馳走しますから」

「ご馳走って、普通は社会人の僕がする立場だと思うけど」

「だから、材料費は先輩持ちってことで」

そういうことかと、充義は納得した。要は買い出しの費用を先輩に出させ、あわよくば何日分かの食材もせしめるつもりなのだ。

（変わってないな、くるみちゃん）

苦笑しつつ、充義は「いいよ」とうなずいた。

「でも、その前に軽く飲んでいかない？　もちろん僕が奢るから」

「やったぁ、ラッキー！」

ひと目もはばからずはしゃぎ、指をパチンと鳴らした後輩女子に、充義は大学時代に戻ったような気がした。

2

メインの食事は帰ってからということで、近くにあった立ち呑みの店に入る。生ビールを注文すると、くるみは乾杯するなり半分近くも飲み干した。

「ぷはーッ。ああ、おいしーい」

鼻の下に泡の白いヒゲをつけた彼女は、うら若き乙女としてはどうかというところ。これではオッサンである。

もっとも、充義はもう慣れっこだから、特に注意などしなかった。

「大変そうだね、就職活動」

充義がねぎらうと、くるみは即座に「そうなんですよ」と返した。

「ううん。大変どころじゃないんですってば。もう氷河期どころか、海王星並みの冷え込みッぷりなんですから」

よくわからない喩え（たとえ）を「ふうん」と受け流し、彼女は大袈裟なため息をついた。

「あー、でも、冷え込んでるのはあたしだけかもしれない。だって、研究室の他の子たちはみんな決まってるし、学科全体で見たって、ホント数える程なんですよ、行き先が決まっていない四年生って」

肩を落とし、珍しく暗い顔を見せる。天真爛漫を絵に描いたようなくるみがそこまで落ち込むということは、かなり苦労しているのだろう。

「それで、何社ぐらい受けたの？」

「いっぱいありすぎて、もう忘れちゃいました。だけど、酷いんですよ。どこも一次は通るんですけど、だいたい二次の面接で落とされるんです。これじゃ、あたしの人間性に問題があるみたいじゃないですか」

一転ぷりぷりと憤りをあらわにした後輩に、「ふうん」と相槌を打ちながら、充義は無理ないなと考えていた。

くるみは明朗で裏表がなく、人好きのする女の子だ。おそらく印象としては決して悪くないはず。

だが、この不況の折、どこの企業も即戦力となり得る人材を求めている。そういう意味では、彼女が自身をアピールすればするほど、ただの明るくて元気な女の子で終わってしまう。むしろ仕事の能力に関しては、頼りなく見られてしまう恐れがあるだろう。

景気のいい会社なら、ムードメーカーとして採用する場合があるかもしれない。くるみがオフィスにいれば雰囲気が良くなり、特に男子社員がやる気を出すだろう。しかし、今のご時世、そこまでの余裕が各社にあるかどうか。

充義とて就職のときには、とにかく真面目さと、仕事ができることをアピールした。今でこそ先輩女子たちにからかわれる毎日だが、それでも仕事に関しては期待を裏切らないよう、真剣に取り組んでいる。

(就職面接は、とにかく自分はできるってことをわかってもらわなくちゃ駄目なんだよな)

そのあたり、くるみは正直すぎるから、あまりうまくできないのではないか。時には自らを飾りたて、本心を包み隠すことだって必要なのだから。

それこそ、充義だってパンスト好きを正直に申し述べ、女子社員は普段からパンストを穿くべきだなんて訴えたら、どこにも雇ってもらえなかったろう。思い入れが身を滅ぼすことだってある。

「ねえ、先輩。面接って、どうやったらうまくいくんですか？」

くるみが顔を情けなく歪めて質問する。こうやってくるくると表情が変わるところも、裏表のない性格そのままであった。

しかし、それだけでは駄目だ。

「うーん、そうだなあ」

充義は腕組みし、眉間にシワを寄せた。

（やっぱり、もう大人なんだから、多少なりとも落ち着きというか、女らしいところを出すべきなんじゃないかな）

さりとて、無邪気さが取り柄の彼女の、どこに女らしさがあるというのか。いっそ作法教室にでも通って、立ち居振る舞いのすべてを学んだほうがいいかもしれない。もっとも、就職戦線が終わる前にかたちになるかは微妙だが。

そのとき、充義の脳裏に閃くものがあった。

（待てよ、だったら――）

自然と頬が緩む。それで何か思いついたのだと、くるみも悟ったらしい。

「何かいい方法があるんですか⁉」

身を乗り出した後輩に、充義は鷹揚にうなずいた。

「うん。面接官の印象をよくする方法が、ひとつだけあるよ」

「ホントですか⁉　え、それってどういう――」

「それはご飯を食べてからにしよう。買い物もしなくちゃいけないし」

「買い物……あ、そうでしたね」

手料理をご馳走すると約束したことをすっかり忘れていたのか、くるみが自分の頭をコツンと叩く。もっとも、充義が口にした「買い物」には、食料品以外のものも含まれていたのだが。

「じゃ、出ようか」

充義が促すと、くるみは言いにくそうに「あの、先輩……」と、上目づかいで見つめてきた。

「え、なに？」

「えと……生ビール、もう一杯だけいいですか？」

空になったジョッキを手にしてのお願いに、充義は苦笑いしつつ「いいよ」と答えた。


電車に乗ってくるみの住むマンションにほど近い駅で降り、夜も開いているショッピングセンターにふたりで入る。

食料品はくるみに任せて、充義は別の売り場に向かった。必要なものを買い求めて食料品売り場に戻り、彼女と合流して会計を済ませる。

予想したとおり、くるみは食料品を大量に買い込んでいた。一万円札が小銭に化け、ふたりともパンパンになったレジ袋を両手に提げることになった。

「またずいぶん買ったなあ」

あきれて言うと、無邪気な女子大生はペコリと頭をさげた。

「ごめんなさい。今月、けっこうピンチだったんです」

大して反省していなさそうに舌を出す。これでは怒る気も失せるというもの。まあ、付き合っている女の子のいない充義には、実家に入れるお金以外の出費などほとんどないから、特に困るわけではなかったが。

(ま、そのぶん言うことを聞いてもらえばいいんだし)

恩を売っておけば、あとで拒まれることもあるまい。彼は密かに打算的なことも考えていた。

学生時代にも何度か訪れたことのある彼女の部屋は、シンプルなワンルームだ。キッチンスペースも、流し台に電気コンロがひとつと狭く、あまり料理には向かない。

そんなくるみがご馳走すると言えば、メニューは自然と限られる。いや、いつも同じであった。

「で、今日は何を食べさせてくれるんだい？」

いちおう確認すれば、思ったとおりの答えが返される。

「もちろん、お鍋でーす」

一般的には冬に好まれるものであるが、彼女には四季など関係ない。暑かろうが寒かろうが、いつも鍋である。

くるみは本質的に料理が得意でないと、充義は睨んでいた。だから材料を切り、煮るだけで完成する鍋を好むのだと。そのあたりにも、女らしさと無縁の性格が如実に現れていた。

こうしてお客を招いたときばかりでなく、普段も彼女は鍋ばかり食べているのではないか。なぜなら、部屋のテーブルに置かれたカセットコンロも、その上に載った土鍋も、老舗の料理屋のものかと思われるほど使い込まれていたからだ。

まあ、独り暮らしだと栄養が偏りがちになるもの。その点、鍋なら野菜も魚も肉もバランスよく摂れる。理にかなっていると言えなくもない。

くるみが材料を切るあいだ、充義はフローリングの中央に置かれた、冬は炬燵になるテーブルの脇に坐って待った。

（……変わってないな）

室内を見回し、しみじみ思う。

言動こそ子供っぽいが、くるみはぬいぐるみや人形は好きではない。ひとつぐらい飾ってあってもよさそうなマスコットの類いすらなかった。

部屋にあるのはテレビにパソコン、隅っこにベッド代わりの折り畳み式マットレス。あとはカラーボックスがふたつほど。本当にシンプルを絵に描いたような眺めだ。

洋服などは壁のクローゼットにしまってあるはず。そこも一度、開けっ放しになっていたのを目撃したことがあった。吊るしてあったのは女の子っぽさなどかけらもない地味な洋服ばかりで、こんなことで男が寄ってくるのかと、彼女の将来を憂えたものだ。

そして実際、心配したとおりの事態になっている。まあ、今は異性交遊よりも、就職のほうが重大だが。

（うん、これはくるみちゃんのためなんだから）

買い求めたものが入っている紙袋を脇に置いて、充義はひとりうなずいた。

「おまたせー」

野菜や肉、魚の盛られたお皿が運ばれてくる。土鍋に市販のスープと材料が入れられ、コンロが点火された。

「じゃ、できるまでこれでカンパイ」

くるみが愉しげに缶ビールを差し出す。ふたりはアルコールで喉を潤し、懐かしい話題に花を咲かせた。もちろん鍋にも舌鼓を打つ。

「あー、おいしかった」

一時間後、鍋はすっかり空になっていた。くるみが足を行儀悪く投げ出し、ふくれたお腹をポンポンと叩く。

彼女はまだリクルートスーツのままだった。充義がいるから、遠慮して着替えなかったわけではない。単に面倒くさかっただけなのだ。

そういえば昔、充義ばかりか他の男子学生がいる前で、くるみは平気で着替えたことがあった。おそらく、男兄弟の中で育ったせいもあるのだろう。

(あの調子なら、何を言われても素直に従うだろうな。それにこれは、就職のためなんだから)

いちいちそんなふうに考えるのは、後ろめたい気持ちがあるからかもしれない。可愛い後輩のためを口実に、己の欲望も満足させようとしていたのだから。

「あ、そうだ。面接がうまくいく方法って何ですか?」

肝腎なことを、くるみはちゃんと憶えていた。

「うん。その前に、これを片づけようよ」

テーブルに載ったままの鍋や食器に視線を向けると、彼女も「そうですね」と同意した。

「よーし、いっちょやるか。よっこらしょっと」

花の女子大生には不似合いな、年寄りくさい号令をかけ、くるみが立ちあがる。それでも、あとはてきぱきと働き、テーブルも上を綺麗にすると脇のほうによけた。

「それじゃ先輩、よろしくご指導願います」

正座して深々と頭をさげた彼女は、決して冗談めかしているわけではなく、大真面目のようだ。充義も居ずまいを正し、厳かな口調で訊ねた。

「くるみちゃんは、スカートを持ってる？」

「え？」

きょとんとした顔を見せた後輩女子が、パチパチと瞬きをする。

「ああ、はい。一枚だけありますけど」

「どういうやつ？」

「このスーツに合わせたやつです。お店のひとに勧められて、いちおうパンツとスカートを買ったんです」

「スカートは穿いてるの？」

「いえ……あたし、スカートって苦手なんです。動きづらいしスースーするから。中学や高校のときは、制服の下にブルマや短パンを穿けたからよかったんですけど、今はそういうわけにもいかないし」

「なるほどね。だけど、まずそこが間違っているんだよ。面接のときは、絶対にスカートを穿くべきなんだ」

「え、どうしてですか⁉」

　くるみが訝って眉をひそめる。

「つまり、相手に自分をどう見せるのかってことなんだ。くるみちゃん自身は、スカートにどういう印象を持ってるの？」

「印象……えっと、女の子っぽいとか、お淑やかとか、あと、セクシーとか」

　スカート程度でセクシーなんて言葉が出るとは思わなかった。それだけ彼女にとっては、非日常的な衣類なのだろう。

　ともあれ、望んでいた答えが出たので、充義は話を続けた。

「そのとおり。スカートは女らしさの象徴でもあるんだ。そして、相手に女らしいと感じさせるのは、仕事ができると信じ込ませるのと同義なんだよ」

「えー⁉　そういうのって偏見なんじゃないですか」

「そうとも限らないよ。実際、僕の会社でも、仕事ができるひとは振る舞いも女性らしいし」

「ふうん」

「だから、最初に好印象を持ってもらうためにも、スカートで女らしさをアピールすることが大切なんだ」

「……わかりました。あたし、今度から面接のときには、スカートを穿いていくことにします」

　素直に納得した後輩に、充義はほほ笑んだ。

「うん、そうしたほうがいい。但し、それだけじゃ不充分なんだ」

「え、どうしてですか？」

「だって、スカートは他の女の子たちも穿いてるからね。つまり横並びになっただけで、今度はくるみちゃんらしさをアピールすることができない」

「じゃあ、どうすればいいんですか？」

「これを穿けばいいんだよ」

さっき、ショッピングセンターのファッションフロアで買い求めたものを、充義は紙袋から取り出した。もちろんパンストである。ベージュと黒のシンプルなものを、予備も含めて二足ずつ買ったのだ。

「ああ、タイツですか」

くるみが無粋な言葉を口にしたものだから、充義は顔をしかめた。

「タイツじゃなくてパンスト。パンティストッキングだよ」

「ぱんすと……？」

怪訝な顔をされたものだから、まさか本当に知らないのかと驚く。いくらスカートを穿かなくても、見たことぐらいはあるだろうに。

「ああ、あれ」

ようやく思い出したらしく、くるみがパチンと両手を合わせる。しかし、その認識はひどくお粗末なものだった。

「だけどこれって、お母さんとかが穿くヤツですよね？」

若い女性が穿くものではないというイメージが定着しているらしい。先輩女子たちも私服ではまったく着用していないところを見ると、これは彼女だけの誤解ではないのだろう。

(まったく、困ったものだ)

心の中で憤慨しつつ、充義は「そんなことないよ」と否定した。

「何て言うか、フォーマルな装いって考えればいいんじゃないのかな。大人の女性としての身だしなみっていうか」

「大人の女性……」

くるみは口をへの字にし、首をかしげた。慕っている先輩の言うことであり、そういうものなのかしらと思い始めているようだ。

フォーマルというのは言い得て妙だと、充義はひとり悦に入っていた。だが、要はパンストのヒップや太腿を眺め、撫で回したいだけなのである。フォーマルではなくアブノーマルかもしれない。

「わかりました。じゃあ、穿いてみます」

くるみがすっくと立ちあがり、クローゼットに進む。中からスーツのスカートを取り出し、充義の前に戻った。

「えっと、まずはスカート――」

つぶやいて、穿いていたパンツを無造作におろす。今でも男の前で着替えることなど、何とも思っていないようだ。

社会人になろうとしているのに、こんなことでいいのだろうか。心配しないではなかったが、この展開は予想どおりだったから、充義は特に驚かなかった。

しかし、あらわになった下半身に、思いがけずドキッとする。

(え――!?)

以前目撃したときには、腰回りも太腿も、まだ子供っぽさが抜けず硬い感じがした。ところが、しばらく見ないうちに、やけに女っぽい柔らかな曲線を呈していたのである。飾り気のない、というより、野暮ったさすら感じさせる白いパンティが、セクシーに映るほどに。

(ちゃんと成長してるってことか)

中身はともかく、肉体は大人の女らしく変化しているようだ。これならパンストも似合うに違いない。

くるみは先にスカートを穿いた。意外に短くて、ムチッとした太腿が半分もあらわになっている。それからベージュのパンストの袋を開けた。

「えっと……普通に穿けばいいのかな?」

手にした薄物をしげしげと眺め、首をかしげる。それでも、タイツぐらいなら穿いたことがあるのだろう。くるくると丸め、爪先から入れようとした。ところが、よろけて転びそうになる。

「やんッ」

くるみはそのまま床に坐り込んだ。行儀悪く股を開いた格好で、パンストを両脚に被せてゆく。それも、充義のほうを向いて。

（本当に、誰が見ていようがおかまいなしなんだな）

スカートの奥にチラチラと視線を走らせながら、充義は次第に胸が高鳴ってくるのを覚えた。但しそれは、パンチラに昂奮したからではなく、パンストを穿く動作に惹かれてのものである。

もっとも、お世辞にも女らしいしぐさとは言えなかったが。

くるみは立ちあがると、スカートを腰までめくった。ヒップをくねらせながら、どうにかパンストをウエストまで引っ張りあげる。

（おおっ!?）

いつの間にか女っぽくなった若腰を、薄いナイロンが包む。充義は思わず身を乗り出したものの、残念ながらすぐにスカートがおろされてしまった。

「これでいいんですか、先輩？」

くるみが戸惑った顔つきで訊ねる。穿き慣れていないからだろう、かなり居心地が悪そうだ。腰を落ち着きなくモジつかせている。

「うん、すごくいいよ。何倍も女らしくなって見える」

べつにおだてたわけではなく、本当にそう感じたのだ。タイトミニからのびた脚がベージュの薄物に覆われているだけで、たまらなくそそられる。

（ああ、やっぱりパンストは素晴らしいなあ）

もちろん、くるみ自身の魅力のおかげもある。充義は初めて、彼女に女を感じていた。

だからこそ、もっと眼福の眺めを堪能したくなったのだ。

「そうですか……？」

まだ怪訝そうに眉をひそめている後輩に、充義はもったいぶった口調で告げた。

「ただ、まだ足りないところがある。パンストの醍醐味は、中に穿いている下着とのコラボレーションにあるんだ」

「え、下着って、パンツですか？」

「ちょっとスカートを脱いでみて」

言われるままに、くるみはホックをはずした。スカートがぱさりと足元に落ち、パンスト穿きの下半身が晒される。

（よし、いいぞ）

ベージュに透けるパンティを目にして胸が躍る。願いどおりに事が進むものだから、神様になってその場を支配しているような心持ちになった。

「ほら。せっかくパンストを穿いて女らしくなれたのに、下着がそんなガキっぽいやつだと魅力も半減だよ。もうちょっとオシャレなやつはないの？」

「んー……あたし、パンツって普通のヤツしかないんですけど」

くるみが不服そうに唇を歪める。それでも、先輩の意向に添わねばならないと考えたか、クローゼットのほうに進んで中を物色した。

（おお――――）

充義の目が見開かれる。下着類の入ったチェストはクローゼットの床に置かれており、しゃがんだ彼女のヒップが後方に突き出されたからだ。

（くるみちゃん、いいおしりをしてるんだな）

若さがはち切れそうな丸みは、かなり弾力がありそうだ。それこそ尻餅をついても、バランスボールみたいにはずむのではないか。

ただ、パンティの面積が大きすぎて、そこが物足りない。おそらく綿素材であろうそれは布に厚みもあり、パンストがモコモコした感じになっている。これはいただけない。

「これならいいですか？」

振り返ったくるみが手にしていたのは、光沢のあるピンクのパンティだった。面積も小さめのようである。

「うん。いいみたいだね。じゃ、穿き替えてみて」

「はあい」

素直に返事をして立ちあがり、くるみがパンストを脱ぎおろす。しかし、白いパンツに手をかけたところで、ハッとしたように顔をあげた。

「ヤダ、後ろを向いててください」

さすがに下着を脱いだところを見せるのはNGらしい。

「あ、うん」

残念だなと落胆しつつ、充義は背中を向けた。けれど、すぐあることに気がついて鼓動を跳ねあげる。

部屋の大きなサッシ窓には、カーテンが引かれていなかった。しかも外が暗いから、明るい室内がガラスにばっちり映っていたのである。もちろん、くるみが下着を替えるところも。

何を思ったか、彼女は充義に背中を向けていた。スーツの上着の裾から、まん丸のおしりが覗いている。

「よっと……」

小さなかけ声とともに、パンティが穿かれる。片脚ずつ上げ下げするのに合わせて、お肉がぷるん、ぷるんとはずんだ。それがピンクの薄布に包まれるところまで、しっかり目撃することができた。

くるみはパンストも穿き、きっちり上まで引っ張りあげてから「いいですよ」と回れ右をした。ガラスの鏡越しに見られていたとは少しも気づかずに。

充義は何食わぬ顔で彼女に向き直った。本当はエロチックな見世物(みせもの)に、胸をドキドキと高鳴らせていたのであるが。

そして、間接的ではないナマ身の女の子を目の前にして、いっそう鼓動を激しくする。

「どうですか?」

くるみがちょっぴり頬を染めて訊ねる。ここに来て恥じらいを示したのは、男のそばでパンティを脱いだあとだからだろう。穿き替える動作も、やけに焦っていたようであったし。

(くるみちゃんにも羞恥心があったんだな)

安心すると同時に、これまでとは異なる後輩の反応に、充義は落ち着かなくなった。彼女がやけに可愛らしく見えたためと、気が昂っておかしな気分になってきたからである。

(このまま続けてたら、僕はくるみちゃんを襲ってしまうんじゃないだろうか)

そんな不安にも苛まれたものの、今さら後戻りなどできない。乗りかかった船は、すでに大海原を波を蹴立てて進んでいた。

3

「うん。さっきよりもずっといいよ」

充義は平静を装って告げた。

「ただ、その色の下着には、黒いパンストのほうがいいかもしれないね」

「そう……ですか？」

「たぶんね。穿き替えてみて」

さっきはすんなり言うことを聞いたのに、くるみは今になってためらいを浮かべた。それでも拒むことなく、ベージュのパンストを若腰から剝きおろす。いくらかのろのろとした動作で。

（かなり恥ずかしがってるみたいだぞ）

パンストを穿いて女っぽくなり、それに伴って慎みや恥じらいが芽生えたのだろうか。まさかそんなことはあるまいと思いつつも、淑やかになった物腰に牡の劣情も高まる。

（うう、これってすごくエロいかも）

くるみは、今度は立ったまま穿き替えた。ナイロンの黒い薄地が、脚を徐々に包み込んでゆく。それも、女らしく優美な動作で。

穿いたあとはもちろんのこと、パンストは穿いている途中もいいものだと充義は知った。さっきのは子供っぽくて行儀の悪い着替えだったから、はっきりそうと気づかなかったのだ。

（くるみちゃん、こんなお淑やかな動きもできるんじゃないか）

うっとりして見とれる間に、股間の分身が欲情をあらわに脈打つ。尖端から先走りの露（つゆ）をこぼすほどの昂奮状態にあった。

（妙な気を起こすなよ）

自らを戒めつつ、腰回りがぴっちり包まれるところまでしっかり凝視する。まさにパンスト好きには垂涎の光景だろう。

「……穿きました」

後輩女子が肩をすぼめ、つぶやくように言う。今にも泣きだしそうに瞳が潤んでいたものだから、充義は不意に罪悪感を覚えた。

(僕はいったい、くるみちゃんに何をさせているんだ?)

面接がうまくいくように、女らしくなれるようになど、都合のいい言葉を並べながら、単に自らの欲望を満たそうとしているだけではないか。それで彼女がどんな思いをするのかなんて、これっぽっちも考えずに。

だが、今さら後悔しても手遅れだ。ここは適当なところで切り上げて、うまく誤魔化すしかないだろう。

「ああ、すごくいいね。ほら、見てごらんよ。下着が綺麗なピンク色だから、黒に透けると落ち着いてちょうどいい感じになってるから」

自身を見おろしたくるみが、クスンと鼻を鳴らしてからうなずく。

「ちょっと後ろを向いてみて」

「え……?」

軽く眉をひそめながらも、彼女は言われるままに動いた。

（素敵だ――）

充義はうっとりとパンスト尻に見とれた。

思ったとおりピンクのパンティは小さめで、充分に育った臀部のお肉が、裾からぷっくりとはみ出している。それが半透明の黒に包まれ、盛りあがりの頂上部分は肌が光沢のように透けるのだ。

なんとエロチックな眺めなのか。自然と女主任――由佳里のその部分が思い出され、無意識のうちに比較する。だが、どっちがいいかなんて判定できるものではない。どちらも素晴らしいのだから。

（いいおしりだ……ああ、これで顔に乗ってもらえたらなあ）

きっとお肉がぷりぷりで、ナイロンのスベスベ感も極上だろう。

欲望が際限なく募り、ペニスがいっそう硬くなる。摑み出してしごきたい衝動にもかられた。

あの日、従姉のパンスト姿を覗き見て、オナニーに耽ったみたいに。

と、いつの間にかくるみが横顔を見せていた。睫毛が濡れているようで、これはいよいよ限界らしい。

「うん、後ろ姿もいいね。これで面接はばっちりだから、安心していいよ。あ、このパンストは、就職がうまくいくように僕からのプレゼントっていうことで。面接のときだけじゃなくて、普段から穿いて慣れておくといいかもね」

努めて明るく述べたものの、彼女の表情はまったく晴れなかった。充義のほうに向き直っても、スカートを穿こうとしないどころか、不審をあらわに見つめてくる。

（うう、やりすぎちゃったかな）

あるいは弄ばれたように感じているのかもしれない。これはまずいかもと焦りを覚えたとき、くるみが眉をひそめて訊いてきた。

「あの……あたしがこれを穿いたのは、面接のためなんですよね」

「う——そ、そうだよ」

「女らしく見えるように、仕事ができる人間だって認めてもらえるようにってことなんですよね？」

「そうそう。すごく理知的な感じになったよ」

「だけど、面接でスカートを脱ぐワケじゃないし、パンツと合わせる必要があるんですか？」

　これには、充義は返答に詰まった。彼女の様子がおかしくなったのは、急に羞恥が芽生えたわけではない。ここまでさせる先輩に不審を抱いたからなのだ。

「う、あ──そそ、それは……」

　うろたえながらも頭をフル回転させ、どうにか理由をひねり出す。

「つまり、あ、あれだよ。くるみちゃんはスカートに慣れていないから、知らないうちに面接官の前で脚を開いたりして、中が見えちゃうかもしれないだろ。そのときのための予防措置だよ」

　ずいぶんと苦しい弁解であると、充義もわかっていた。聞かされたくるみはそれ以上に疑念を持っただろう。

「じゃあ、おしりのほうまで見たのはどうしてですか？」

　畳みかけられ、いよいよ窮地に陥る。

（ああ、まずいよ）

　もはやどんな言い訳も出てこない。

　あんなに慕ってくれていた後輩の信頼を裏切ってしまった。それどころか蔑まれ、二度と口をきいてもらえなくなるかもしれない。

　べつに付き合っているわけではないものの、唯一と言っていい異性の友人を失いたくはなかった。ここは素直に謝るべきだと、充義は居ずまいを正した。

「ごめん、くるみちゃん」

床に額がくっつくまで頭をさげる。顔をあげると、彼女は困惑の表情を浮かべていた。

「パンストを穿いたほうが女らしく見えるっていうのは間違いないんだ。ただ、ちょっと調子に乗っちゃって……くるみちゃんが穿いたらすごく似合ってたものだから、ヘンな気分になったんだ。それでつい、あれこれさせちゃったんだよ」

「ヘンな気分って?」

首をひねったくるみに、充義は仕方ないと覚悟を決め、正直に打ち明けた。

「だから、予想外にセクシーだったから、そそられたっていうか」

「そそられたって、昂奮したってことですか?」

「う――うん、まあ……」

「ホントですか!?」

彼女がいきなり素っ頓狂な声をあげたものだから、充義は仰天した。

「う、うん。そうだけど」

「うわぁ、そうなんだ。先輩があたしに……よかったあ」

一転相好を崩し、嬉しそうに白い歯をこぼした後輩に面喰う。

（え、よかったって？）

どういうことかさっぱりわからない。

「ほら、あたしって、ゼンゼン女っぽくないでしょ。スカートも穿かないし。だから、あたしのことをセクシーだなんて言ったの、先輩が初めてなんですよ」

「あ、ああ、そう……」

「これでもけっこう悩んでたんです。どうすれば女として見てもらえるかって。だけど、言葉づかいや振る舞いなんて、そう簡単に変えられるものじゃないし。だったら下着とか見せたらどうだろうって、ワザと男子の前で着替えたりもしたんですけど、誰も注目してくれなくって。あのときはかなり落ち込みましたよ」

どうやらあれは女であることをアピールするために、意図的にされたことだったらしい。しかし、男の前でためらいもなく脱いだりしたら、子供っぽいとかガサツな性格だと思われるだけで、むしろ逆効果ではないのか。

まあ、そのあたりの判断ができないあたり、まだ幼いということなのだろう。

肉体は別にして。

「先輩だって、さっきあたしが脱いだとき、フツーにしてましたよね？」

「いや、そんなことないよ。けっこうドキドキしてたし。いつの間にこんなに女っぽくなったんだろうって」

「本当に？　あ、それでパンストを穿いたらますますセクシーになって、欲情しちゃったってことなんですね」

ストレートな決めつけに戸惑いつつ、事実そのとおりだったから、充義は「うん」とうなずいた。

「そっかあ、先輩があたしに……むふふふ」

無気味な笑みをこぼした後輩女子に、正直に言わないほうがよかったのだろうかと後悔する。

「なるほど。だからそこが大きくなったんですね」

「え？」

くるみが指差したところに視線を落とした充義は、ズボンの前が大きく盛りあがり、昂奮状態をあからさまにしていたものだから慌てた。頭をさげて謝罪するあいだも、ペニスは威張りくさったままであったようだ。

「あ、いや、これは——」

急いで両手で隠したものの、すでに手遅れ。先輩がみっともなくペニスを勃たせているところをバッチリ目撃したくるみは、また「んふふー」と思わせぶりな笑みを浮かべた。

「もしかしたらって思ってたんですよね。先輩、真面目くさった顔してたのに、そこだけパンパンにしてたから。昂奮して、だからパンツまで穿き替えさせて、おしりとかもジロジロ見てたんですね」

自身の恥ずかしい行動をいちいち振り返られ、充義は耳たぶが熱くなるのを覚えた。命令に従わせていたつもりが、いつの間にかこちらが観察される立場になっていたなんて。

「これはもう、完全にセクハラですよね。いいんですか、先輩？　社会人ともあろうひとが、そんないけないことをして」

腰に両手を当て、くるみがお説教をする。それもパンスト姿を晒したままで。

「はい……反省してます」

面目丸つぶれでこうべを垂れつつも、充義はつい上目づかいで彼女の下半身をチラチラと見てしまう。そこだけ網目が濃くなった爪先にも、胸を高鳴らせる始末。そんなことをしていて気づかれないはずがない。

「ほら、また見てる」

あきれた声に顔をあげれば、くるみはやれやれというふうに肩をすくめた。

「反省してますって、ちっともしてないじゃないですか。これはもう、お仕置きですね」

物騒なことを言われてドキッとする。

「お、お仕置き⁉」

「ていうか、仕返し？　だって、あたしはこんな辱めを受けたんですから、今度はあたしが先輩を辱めてもいい番ですよね」

平然とパンスト姿を晒していながら、辱めとはなんと大袈裟な。しかし、言い返せる立場でないことも、重々承知していた。

「わかったよ……」

渋々うなずくと、くるみがにんまり笑う。

「じゃ、脱いでください」

「え？」

「ズボンとパンツを脱いで、あたしにオチンチンを見せてください」

あまりに直球すぎる要求に、充義は固まった。

「あたしだってパンツを脱いだんですから、先輩だって脱がなくっちゃフェアじゃないですよ」

けれど、こちらは性器までは見ていないのだ。そう反論しようとして口をつぐんだのは、妙なことを言ったらますます深みにはまりそうな気がしたからだ。

「さ、早く」

わくわくした顔つきで急(せ)っつかれ、充義はどうにでもなれという心境になった。ペニスを見られるぐらいどうってことないと、腰を浮かせてベルトを弛(ゆる)める。だが、そう簡単に脱げるわけがなく、どうしてものろのろした動きになった。

その間に、くるみが浮かれた口調で告白する。

「あたし、前から大きくなったオチンチンが見たかったんです。朝、お兄ちゃんたちを起こしに行ったときも、そこがもっこりしてたんですよね。それですごく興味が湧いて、だけど、さすがにきょうだいじゃ見せてほしいなんて言えないじゃないですか。こんなんだから彼氏もゼンゼンできないし、このままじゃ一生見ることができないのかなって、あきらめかけてたんです」

そこまで執着するほどのモノではないだろうにと思ったが、ずっと兄たちの生理現象を目にしてきたわけである。どういうものかとあれこれ想像するのは、年頃の女の子として当然かもしれない。

（……そっか、くるみちゃんはバージンなのか）

たぶんそうだろうと思っていたから驚きはない。だが、処女にこんなものを見せていいのだろうかと迷いが生じる。

（ええい。本人が見たがっているんだから）

それに、来年は社会人になるのだ。これも社会勉強だと妙な理屈をこしらえ、充義は思い切ってブリーフを脱ぎおろした。

「キャッ」

頭をぶるんと振って肉茎があらわになるなり、くるみが小さな悲鳴をあげる。けれど顔をそむけたりはせず、ふたつのまん丸な目が牡の猛りを凝視した。

「すごーい。ホントにこんなになっちゃうんですね」

興味津々の顔つきには、どこにも嫌悪や驚愕が浮かんでいなかった。今は無修正画像などネットにいくらでもあるから、写真でぐらいなら見たことがあるのかもしれない。

だったらいいかと開き直り、充義はズボンとブリーフを爪先から抜き取ると、床に尻を据えて立てた膝を大きく開いた。両手を後ろについて上体を支え、飼い主に服従するペットみたいに好きにしてというポーズをとる。

すると、くるみが膝をついてにじり寄ってきた。

「うわ、頭がこんなパンパンになって……痛くないんですか？」

まじまじと見つめて訊ねる。包皮が後退して粘膜をあらわにした亀頭(きとう)は、処女の目には痛々しく映るらしい。

「ううん、全然」

「へえ。なんか別の生き物みたい」

顔がさらに近づく。筋張った肉胴との距離は、五十センチもないのではないか。

いたいけな処女に勃起(ぼっき)を見せつけることに、充義は背すじが震えるほど昂ぶった。好奇の眼差しを浴びれば浴びるほど、その部分がビクンビクンと小躍りする。まるで、もっと見てとねだるように。

そして、くるみの手が屹立(きつりつ)に向かって怖ず怖ずとのびかけたのに、心臓が破裂しそうなほど鼓動を鳴らした。

（ああ、早く）

口にこそ出さなかったが、今度は充義が急かす番だった。分身は柔らかな指を求めて疼(うず)きまくり、欲望の露を鈴割(すずわ)れに丸く溜める。指先が触れただけでイッてしまうのではないかというほどに、昂奮の極みにあった。

ところが、あと三センチというところで、頭を突かれた亀みたいに、手がスッと引っ込んでしまう。

（ええーっ⁉）

こちらの亀は悔しさに身震いし、透明な涙をトロリとこぼした。

「んー、ちょっと怖いなあ」

くるみが眉根を寄せてつぶやく。肉色も生々しい凶悪な外観に、触れる勇気が出ないようだ。べつに取って食うわけじゃないからと説得しようとしたが、その隙も与えず彼女はすっくと立ってしまった。

（そんな……これでおしまいなんて）

ナマ殺しもいいところだと、充義は落胆した。ところが、今度は手とは異なるものが肉根へと差しのべられる。

「あううっ」

充義は呻き、腰をカクカクと揺すった。黒いナイロンに包まれた爪先が、肉スジをすっと撫でたのである。

「わ、ゴツゴツしてる」

パンスト越しのタッチだから抵抗を感じないのか、くるみは面白がって勃起を悪戯する。爪先で撫でるばかりでなく、指で摘まもうとさえした。さらに真下の袋もくにくにと弄ぶ。

男の大切な部分を足で扱うなんてと、本当なら怒ってよいところかもしれない。けれど、意外に柔らかくぷにっとした指の腹や、化学繊維のザラつきが妙に気持ちいい。充義はのけ反って息を荒らげるばかりだった。

（ああ、こんなのって――）

何より、パンストを穿いた可愛い女の子の足で肉根を愛撫されることに、被虐的な悦びを覚えていたのだ。

「すっごく硬いんですね、勃起したオチンチンって」

くるみは嬉々として足遊びに熱中する。滾々と溢れるカウパー腺液が、ナイロンの爪先をヌメらせるのも厭わずに。

「いっぱい透明なおツユが出てますよ。これって気持ちいいときに出るヤツなんですよね。てことは、先輩はあたしに足でオチンチンをナデナデされて、感じてるんですか？」

答える代わりに、充義は「ううう」と呻いた。下半身が甘く痺れ、坐っていることも億劫になる。

（うう、たまらない）

　とうとう充義は仰向けてしまった。シャツを大きくめくって腹まで曝け出したのは、射精まで導かれそうな予感があったからだ。

　実際、彼女はここぞとばかりに足を使ってきた。

「こうしたらもっと気持ちいいですか？」

　反り返って下腹にへばりつく肉棒に、足の裏全体を乗せる。そうして軽くフミフミしたり、くびれ部分を指で摘まみ、小刻みにしごいたりする。

「くあああ、あ――」

　充義は背中を浮かせ、喘ぎながら腰をくねらせた。歓喜のトロミが屹立の根元に溜まり、陰嚢がめり込みそうなほど持ちあがっているのもわかる。

「こんなに脈打っちゃって……足でイタズラされて感じるなんて、先輩ってけっこうヘンタイなんですね」

　侮蔑の言葉も、なぜだか耳に心地よい。どうせ僕は変態だからもっと苛めてくれと、危うく口に出しそうになった。

　疲れたのか、くるみが足を交替させる。微妙な感触の違いにも悦びが高まり、充義はぐんぐん上昇した。

「先輩の、すごいことになってますよ。おツユがこんなに糸を引いて」

頭をもたげて見れば、亀頭と下腹のあいだに、先走りが何本もの粘っこい糸を繋げていた。パンストの爪先が武骨な牡器官を玩弄するのにも心が躍り、また新たな欲望液が湧出する。

そのとき、突然くるみが足の動きを止めた。

(え!?)

見あげると、訝る眼差しが向けられている。

「……ひょっとして、あたしがパンストを穿いてるから、先輩はこんなに気持ちよくなってるんですか?」

言われて、充義はドキッとした。

同じことを素足でされても、確かに感じただろう。だが、そこにナイロンの薄物が介在することで、よりいっそうの快感を与えられたのは間違いなかった。

しかし、それを認めると、パンスト好きであることまでバレてしまう。くるみに穿かせたのも単なる趣味であったと思われるかもしれない。まあ、事実そうなのであるが。

「いや、そういうわけじゃないよ」

否定したものの、図星を突かれたショックから声が弱々しくなる。そのせいで、彼女に見抜かれてしまったようだ。

「じゃあ、パンストを脱いじゃってもいいんですね」

ウエストのゴムに手をかけたものだから、充義はつい「あ――」と声をあげてしまった。

「ほら、やっぱり」

仔犬を叱るときのような目を向けられ、居たたまれなくなる。この場の主導権は、完全にくるみのものであった。

「怒らないから、正直に言ってください。でないと、これでやめちゃいますよ」

足を浮かせかけられ、充義は観念した。

「そのとおりだよ。くるみちゃんがパンストを穿いているから、僕はこんなに気持ちよくなってるんだ。パンストが好きだから、くるみちゃんに穿かせたんだ」

しかし、そればかりではないことも懸命に訴える。

「だけど、パンストを穿くと大人っぽくなって、女らしく見えるのは間違いないんだ。単に自分の趣味を押しつけたんじゃないよ。そのことはわかってほしい」

「……まあ、それはわかりますけど」

　自らの下半身を見おろして、くるみはちょっと照れくさそうに口許をほころばせた。

「あたしも、自分が前と変わった気がします。見た目だけじゃなくって、中身も。こんなことができるのも、パンストを穿いたおかげかもしれないし」

　足裏で秘茎をすりすりと摩擦し、悪戯っぽい眼差しを向けてくる。

「あたしもパンストが好きになったみたいです」

「くるみちゃん……」

　愛らしい後輩がペニスから爪先をはずす。けれどそれでやめたわけではない。充義の膝のあいだに尻をつくと、今度は両足で強ばりを愛撫しだした。

「うああ――」

　悦びが高まり、充義は四肢をピクピクと痙攣させた。

　パンスト足が多彩な動きを示す。両側から土踏まずに挟んでしごいたり、肉棹を刺激しながら凝り固まった嚢袋や鼠蹊部をくすぐったり、先走りを多量にこぼす尖端も、指の腹でヌルヌルとこすられた。

「うわ、先輩の、また硬くなったみたい。エッチだなあ。パンストの足でイタズラされて、こんなになっちゃうなんて」

からかいの言葉にも反応することができない。腹部をひたすら波打たせ、分身を悦びに脈打たせるのみ。

(こんなに気持ちいいなんて……)

目を閉じれば、敏感な部位を這うナイロンの肌ざわりがいっそう鮮明になる。そして目を開ければ、パンスト美女が淫らな奉仕をする場面が見られるのだ。これほど贅沢なことがあるだろうか。

懸命に両脚を操る彼女の股間は、シームが船底のかたちを描いている。その部分は網目が濃くなっているものの、秘部に喰い込むパンティのクロッチがしっかりと透けていた。いやらしい縦ジワをこしらえるそこに、シミのようなものが浮かんで見えるのは気のせいだろうか。

(くるみちゃんも昂奮してるんだろうか……)

頬が上気して赤く染まり、半開きの唇からせわしなく吐息がこぼれている。キラキラと輝く瞳にも、淫靡な光が見え隠れしていた。

甘酸っぱくてなまめかしい匂いが鼻先をかすめる。汗ばんだ彼女の肌が漂わせるものなのか、それともパンストで蒸れた秘部が発するものなのか。

ともあれ、五感を翻弄(ほんろう)される充義は、急速に上昇した。

「ああ、くるみちゃん、すごく気持ちいいよ」

感動を真っ直(す)ぐに伝えると、足がさらなる快感を与えてくれる。指の付け根の柔らかいところで挟み、リズミカルに上下してくれたのだ。

「うあ、あああ――」

性感がまた高みへと昇り、喘ぎすぎて喉がカラカラだ。

「どうですか、先輩？」

「うう、すごくいいよ。もうイッちゃいそうだ」

甘美な痺れにまみれた分身は、秒単位でその瞬間へと近づく。おそらく、あと一分ともつまい。

「いいですよ、射精しても。精液が出るところ、あたしに見せてください」

足コキの速度を上げながら、くるみが許可してくれる。充義は安心して高まる愉悦に身を任せた。

「ああ、あ、出るよ、イッちゃうよ」

「はい、出してください」

「くはっ、あうう、いく――」

目のくらむ快美が理性を粉砕する。気がつけば、濃厚な白濁液を筒先からビュッビュッとほとばしらせていた。

「やん、出た」

驚きの声をあげながらも、パンスト足は上下に動いて肉根を摩擦し続ける。おかげで充義は、最後の一滴まで気持ちよく射精することができた。

4

「すごいですね、射精って。あんなに勢いよく飛ぶとは思いませんでした」

縦横に撒き散らされた牡のエキスをティッシュで拭いながら、くるみが高揚した面持ちで感動を述べる。それを耳にしながらも、充義はぐったりして何も答えられなかった。

（……気持ちよかった）

まだ体内のあちこちで、オルガスムスの名残が燻っている感がある。もっとも、欲望を吐き出したペニスはさすがに縮こまり、完全におとなしくなっていたのだが。

そして、萎えた肉器官も丁寧に清められる。

「あんなに硬くて大きかったのに、こんなに可愛くなるなんて……」

つぶやいたくるみが、摘まんだものに包皮を被せたり剝いたりする。勃起したものはなかなか触れられなかったが、萎えた状態なら抵抗を感じないらしい。鈴割れに滲む白濁液に鼻先を寄せ、クンクンと嗅ぐことまでする。

「変な匂い」

ストレートな感想に苦笑しつつも、充義はむず痒い快さに腰をくねらせた。また新たな劣情がこみ上げてくる気配がある。

そして、海綿体が再び血液を集めだした。

「え、え!?」

くるみが戸惑いの声を発する。彼女の手の中で肉茎は膨張し、天井目がけて伸びあがった。

「やん、また勃っちゃった」

硬くそそり立ったものに指を回し、ニギニギと強弱をつける。平常時から握っていたおかげで、さっきみたいに躊躇せずに済んだのだろう。

ただ、今度は別のことが気になるようだ。

「これってもう一回出さないと、小さくならないんですよね？」

自分がいじっていたために勃起したことで、責任を感じているらしい。

もちろん放っておけばそのうちに萎える。だが、くるみがどう対処するのか興味が湧き、充義は「うん、そうだね」とうなずいた。

「そっか……どうしよ」

つぶやいて、絡めた指を上下させる。今度は手で射精させようとしたのか。と

ころが、何か思いついたらしく動きを止める。

「あ、ちょっと待ってください」

くるみは部屋の隅に畳んであったマットレスを敷いた。さらにクローゼットか

ら新しいシーツも出す。

「ここに寝てください。えっと、服も全部脱いで」

促され、充義は胸を高鳴らせつつ全裸になり、シーツの上に仰向けた。ほのか

に漂う洗剤の香りに包まれて、もしやと想像する。

（まさかくるみちゃん――）

寝床を整え、男を裸にさせたということは、セックスをするつもりなのだろう

か。期待が高まり、勃起がいっそう力を漲らせる。

由佳里との初体験は、パンスト尻の顔面騎乗を堪能させてもらったものの、セ

ックスそのものは慌ただしかった。女性器も結合部分もしっかり見なかったし、やり残したことがあまりに多かったのだ。

それが、さほど日が経たないうちに、再びチャンスが訪れるとは。なんてラッキーなのかと、幸運の女神に感謝したい心境であった。

だが、くるみは脱がなかった。スーツの上着こそ肩からはずしたものの、それは単に暑くなったからだろう。上半身は白いブラウス、下半身は黒いパンスト姿で、マットレスに乗ってくる。

「またパンストで気持ちよくしてあげますね」

腰を跨いだ彼女が、下腹にへばりついた勃起の上に腰を落とす。完全に坐り込み、二種類の薄物越しに男女の性器が密着した。

「うあぁ」

充義は思わずのけ反り、陽根を脈打たせた。そこは体温以上に感じられるぬくもりと、蒸れた湿りを帯びていた。

「やん」

くるみが小さな声を洩らし、腰をくねらせる。それによって裏スジがいっそう女芯にめり込み、快さが広がる。

（ああ、たまらない……）

ナイロンの網目が敏感な部位に悦びをもたらす。けれど、もっと気持ちよくしてくれるはずというもどかしさもあった。ただ圧迫するだけでなく、できれば動いてもらいたい。

もちろん彼女も、最初からそうするつもりでいたのだろう。

「ほら、こういうのも好きなんじゃないですか？」

おそらく照れ隠しではないか、強気な口調でなじったくるみが、腰を前後に振りだす。あのときの由佳里と同じように。

「あ、あ、くるみちゃん――」

堪え切れずに、充義は声をあげた。パンストの股間が筋張った肉胴の上でシュッ、シュッとすべる。ふくれ上がった快感に身をよじらずにいられなかった。

加えて、股間に重みをかけるヒップの感触もたまらない。薄地に包まれた柔らかいお肉がぷりぷりとはずみ、それも豊かな心持ちにさせてくれる。

「あん、ヤダぁ」

彼女のほうも悩ましげに嘆く。硬いスジ肉を秘部でこすることにより、悦びを得ているのではないか。実際、その部分がますます熱く蒸れだした。

であった。

　ほんの短時間のあいだに、充義のくるみに対する想いは急速に高まってしまったようである。まあ、言われるままにパンストを穿いてくれたばかりか、男性経験がない身でここまでサービスしてくれるのだ。惹かれないほうが嘘であろう。

　ともあれ、何とか彼女をその気にさせ、すべてを奪いたい。充義は反撃すべく股間を突き上げ、強ばりで秘核を強く圧迫する。

「きゃんッ」

　くるみが仔犬みたいな悲鳴をあげ、四肢を強ばらせた。

「ちょ、ちょっと、ヤダ――先輩」

　焦りをあらわに太腿をキュッと閉じたことで、狙いをはずしていないことを悟る。充義はさらに腰を揺すりあげ、処女のボディを歓喜にいざなった。

「あ、あ、あ、やん、ダメぇ」

　くるみがなまめかしく身をくねらせ、嬌声をあげる。秘部の潤いが増したようで、はっきりした湿りがペニスに感じられた。二重防壁を突破したということは、かなり濡れているに違いない。

（よし、これなら――）

うまくいけば彼女を絶頂させられるかもしれないと、分身に漲りを送り込む。いっそう硬くした肉スジで反撃を続けた。

「ああ、ぁ、そこ……いやぁ、イッちゃいますぅ」

よがる処女が終末を予告する。表情も喜悦に蕩け、息づかいが荒い。やはりオナニーをしているらしく、オルガスムスも知っているようだ。

（バージンのくせに、なんていやらしいんだ）

エッチなことなど何も知らなさそうなキャラクターだったから、そんなふうに感じるのだろう。これはお仕置きだと、充義は上下の動きに捻りも加えた。

「あああ、ダメなのぉ」

甘える声が鼓膜を震わせる。細かく痙攣する太腿からも、女の色香が匂いたつようだ。

深い悦びを与えるための女芯抉り。しかしそれは、自らの性感ポイントも刺激する諸刃の剣だった。くるみばかりでなく、充義もぐんぐんと上昇した。

（ううう、まずい）

目のくらむ快美が理性を無きものにしようとする。それに必死で抗い、くるみをイカせるべく奮闘する。強ばりを縦横無尽に操作し、クリトリスのある付近を徹底して攻めた。

その甲斐あって、どうにか彼女を先にエクスタシーへと導くことができた。

「あ、ホントにイク――」

くるみがのけ反り、パンストヒップを淫らにはずませる。女陰がキュッとすぼまったのが、布越しでもわかった。

「あふぅうう、い、イクイク、う――あはぁあああッ！」

上体をガクガクと揺すり、アクメ声をほとばしらせる処女。愛らしくも煽情的なそれを耳にしたことで、充義の忍耐も限界を突破した。

「くあああ」

ナイロンの美感触を浴びたペニスが、多量の牡液をどぴゅどぴゅと放つ。粘っこい糸を引いたトロミは、彼の胸もとにまで飛び散った――。

連続の射精に、気づかないうちに疲労困憊していたのだろうか。

（え、ここは――⁉）

いつの間にか眠ってしまっていたらしい。目を覚ました充義は、自分がどこにいるのか咄嗟にわからなかった。

「すーすー……」

自分のものではない寝息が左側に聞こえる。常夜灯の薄暗いオレンジ色のみが照らす中、少し考えてからそれがくるみであることを理解した。

（そうか、イッたあとで寝ちゃったんだな）

彼女も添い寝して、そのまま眠ってしまったのだろう。

充義は素っ裸のままだったが、腰のところにタオルケットが掛けられている。胸や腹部を汚した精液は、綺麗に拭われている。後始末もちゃんとしてくれたらしい。

時刻はわからないが、おそらく深夜だろう。このまま泊まるのはまずい気がするものの、くるみはぐっすり眠っており、起こしたら可哀想だ。おそらく、一所懸命に奉仕して疲れたのだろうから。

（どうしようか……）

もっとも、充義が迷ったのは、この状況をおしまいにすることがもったいなく感じられたせいもあった。

愛らしい寝顔を見せる彼女は、ブラウスを着たままだ。しかし、パンストは脱いでいた。そうして充義の左腕に縋（すが）りつき、素脚を下半身に絡ませていたのである。まるで恋人に甘えるかのように。

むっちりした太腿が股間に載っている。睡眠時の反応か、すべすべした感触に刺激されたためか、ペニスは怒張して柔らかな内腿にめり込んでいた。

（ナマ脚もけっこういいものなんだな）

パンスト命の充義であったが、他をすべて否定するほど頑なではない。いいものはいいと受け入れるだけの度量はある。

「ん……」

吐息みたいな声を洩らしたくるみが、わずかに身じろぎする。脚がさらに重みをかけてきて、はち切れそうな分身をしっとりぷにぷにのお肉で圧迫する。

「うう」

快さが広がり、喘ぎが洩れる。この甘美な状況を終わらせるのは、やはりもったいない。

規則正しい彼女の吐息が、肩に吹きかかる。肌を温かく湿らせるそれにも劣情が煽られ、充義はいよいよ我慢できなくなった。

（ああ、くるみちゃんとセックスしたい）

あそこまでしたのであり、求めたら受け入れてくれるのではないか。

だが、あくまでもパンストでの行為にこだわっていたところをみると、そんな気はさらさらないのかもしれない。無理に迫って嫌われたら、それも悲しすぎる。

（くるみちゃんは、僕のことをどう思っているんだろう……）

慕ってくれているのは確かだ。けれど、あくまでも先輩に対する敬愛でしかなく、男としては見られていないのかもしれない。

できれば正式にお付き合いをしたい。だが、妙な展開で関係が深まったものだから、どうすれば普通の恋人同士になれるのか見当がつかない。手順を誤ったと今さら悔やんでも、後の祭である。

やるせなさにまみれつつ、充義は無意識にマットレスの上を右手で探っていた。と、何やら衣類らしきものが指に触れる。

（え、これは——）

無造作に丸まったそれがパンストであると、すぐに気がつく。拾いあげて顔の前にかざすと、黒い薄物から甘酸っぱい匂いがこぼれてきた。

（ああ、くるみちゃんのパンスト……）

高校生のとき、従姉が脱ぎ捨てたものでオナニーをした、背徳感と甘美に満ちた記憶が蘇り、いっそうムラムラしてくる。

と、秘部を刺激されたくるみが、おびただしく濡らしていたのを思い出す。パンティを通過した愛液は、パンストのクロッチも湿らせたはずだ。

薄明かりの中で、充義は手にしたものを広げた。さすがにシミは見つけられなかったものの、船底をかたちづくるシームの中心を嗅ぐと、ヨーグルトのような乳酪臭がほんのりと感じられる。穿いていた時間は短くとも、濃厚なひとときを過ごしたことで、匂いがこびりついたらしい。

（これがくるみちゃんの——）

無邪気な処女の秘められた香り。だが、外側には自身の性器がこすりつけられていたのだ。牡器官の蒸れた青くささも溶け込んでいるかもしれない。

彼女の秘臭だけを嗅ぎたいと、充義はパンストを裏返そうとした。しかし、右手しか使えないからどうも難しい。仕方なく、寝ころがったまま頭から被る。クロッチ部分が鼻のところに当たるようずらして、深々と吸い込んだ。

（ああ……）

感動が胸に広がる。匂いばかりでなく、彼女のヒップをぴっちりと包んでいたものが、今は自分の顔にまつわりついているのだ。ナイロンのなめらかな肌ざわりが、いっそう極上のものに感じられる。

身悶えしながらパンストの残り香と感触にうっとりする充義は、自身が素っ裸で、パンストを頭から被った変質者に成り果てていると気づかなかった。そればかりか、いつの間にかくるみが目を覚ましていたことにも。

「――え⁉」

寝ぼけ眼の彼女は、最初に目にしたものがあまりに奇っ怪だったものだから、ここに至るまでの経緯をすっぽりと忘れてしまったらしい。パンストを被った変態男が先輩であることもわからなかったようだ。

「きゃああああッ！」

盛大な悲鳴が上がる。それに仰天してとび起きた充義は、くるみが必死の形相で放ったキックをまともに胸に受けた。

「うわっ！」

為す術もなく後ろ向きにふっ飛んだ直後、
ゴツッ――‼

鈍い音が頭の中に響く。何かに後頭部をぶつけたのだと悟るなり、充義は意識を失った。

第三章　白パンストはナースの誇り

1

　気がつくと、充義は病室のベッドにいた。

「とにかく、頭をかなり強く打ったようですので、大事をとってしばらく入院していただきます。きちんと検査をして、何も心配ないとわかったほうが、あなただって安心できるでしょう」

　主治医の説明にいちおううなずきつつも、これも後頭部を強打した影響なのか、充義は少々ボーッとしていた。半日も意識が戻らなかったとかで、目覚めたのは翌日の午後であったのだ。

　見回せば、そこは他にベッドのない個室。つまり、それだけ重篤（じゅうとく）ということなのか。

（どうなったんだ、僕は……）

いや、頭を打ったところまではちゃんと憶えている。充義が気になったのは、そのあとどうやってここに運ばれたのかということだ。

あのとき、自分は素っ裸で頭にパンストを被っていたはず。親から勘当されてもおかしくない、みっともない格好だったのだ。

くるみは充義を変質者と勘違いして、あんな暴挙に出たのだろう。あとですぐに気がついたと思うが、大の男をひとりで病院に担ぎ込めるわけがないから、おそらく救急車を呼んだのではないか。

だとすれば、せめて頭のパンストをはずし、パンツぐらいは穿かせてくれたと思いたい。

(いや、頭を打ったんだし、ヘタに動かしたらまずいと判断して、そのままだったとか)

素っ裸でこの病院に運び込まれた可能性も拭い去れない。そんなふうに考えてしまうのは、自身が使い捨ての紙製下着と、病院の寝間着のみをまとっていたからだ。加えて、入ってくるナースたちが、妙にニヤニヤしていたせいもあった。

「ご気分はいかがですか？」

などと声をかけながら、笑いを堪えてか頬をピクピクさせるナースもいた。ひょっとしたら、パンストも被ったままだったのかもしれない。実際のところどうだったのか、充義は怖くて確認できなかった。

(……まあ、少なくとも救急隊員は、僕とくるみちゃんの仲を疑っただろうな)

女性のひとり暮らしの部屋で、男が意識を失っていたのである。何か事件があったと疑われてもおかしくない状況だ。

そのとき、もうひとつの可能性に思い当たって、充義は蒼くなった。

(くるみちゃん、僕を変質者に仕立てあげたわけじゃないよな⁉)

いったい何があったのかと、警察などから根掘り葉掘り訊かれることは避けられまい。それこそ、どうして男が失神したのかというところまで。

あらぬ疑いをかけられるよりは、侵入した変態に襲われて抵抗したと答えたほうが、すんなり事を終わらせることができるだろう。だとすれば、退院したあとの充義には、警察の事情聴取が待ち構えていることになる。

いや、あの子に限ってまさかそんなと思いつつ、疑念は晴れなかった。何しろ、本人がそばにいないのだから。

(たしかに僕も悪かったけど、くるみちゃんに蹴っ飛ばされてこうなったわけだし、付き添ってくれてもバチは当たらないよな……)

なのに姿が見えないということは、関わり合いになりたくないと逃げられた公算が大きい。充義は泣きたくなった。

くるみがようやく病室にやってきたのは、充義が意識を取り戻してから二日後のことだった。その間、まったく生きた心地がしなかった。

「ごめんなさい、先輩。昨日、今日と面接だったから」

彼女はこのあいだと同じくリクルートスタイル。言いつけを守ってちゃんとスカートを穿いており、脚もベージュのストッキングで包まれている。

それはさておき、くるみの顔を見るなり、充義は安堵のあまり涙をこぼすところだった。ところが、

「だけど、先輩が悪いんですよ。夜中にヘンなことするから。あたし、すごくびっくりしたんですからね」

なじられて、立場なく首を縮める。

「ごめん……」

「子供じゃあるまいし、あんなことして驚かそうなんて、趣味が悪いですよ」

どうやらくるみは、充義がパンストの残り香を嗅ぎ回っていたとは思いもしないらしい。ただの悪戯だと決めつけていた。もっとも、そのほうが都合がいいの

で、誤解させたままにしておく。

「悪かったよ。ところで、あのとき救急車を呼んだのかい？」

「当たり前ですよ。だって、先輩は全然目を覚まさないし、あのまんま死んじゃうんじゃないかって、あたし、泣きそうだったんですから」

「だけど、救急車が来る前に、被ってたパンストは取ってくれたんだよね？」

「いいえ、そのままにしておきました」

「ええーっ⁉」

「だって、頭を打ってたし、動かして具合が悪くなったら大変じゃないですか」

充義は目の前が真っ暗になるのを覚えた。では、救急隊員に全裸に頭ストッキングという珍妙な姿を見られてしまったということか。

「じゃあ、パンストはずっとそのままで……？」

「いいえ、救急隊員のひとが、傷がないか確認するのにはずしてました。悪ふざけが過ぎるってあきれてましたけど。あ、心配しなくても、救急車が来る前に下着とズボンは穿かせておきましたから。だって、先輩のオチンチン、気を失ったあともずっと大きなまんまだったんですよ。そんなところを見られたら大変じゃないですか」

頭にパンストを被って勃起までしていたら、大変というより変態である。ともあれ、くるみの恥ずかしい匂いを嗅いで昂奮状態にあったものが、失神後もキープされてしまったらしい。

「……そうだね、ありがとう」

充義はとりあえず礼を述べた。悪戯で被ったと彼女が話してくれたのなら、救急隊員も納得したのではないか。それに、素っ裸で病院に担ぎ込まれたわけではなかったようだし。

(だったら、どうして看護婦さんたちは、僕を見て笑ってたんだ?)

頭にパンストを被っていたと、救急隊員から申し送りがあったとか。いや、そんなことはあるまい。

「あ、そうだ。これ——」

くるみが紙袋を差し出す。

「あのとき、先輩に着せられなかった服が入ってます。スーツの上着とワイシャツと、あと下着も」

「え、下着って?」

穿かせてくれたんじゃなかったのかと訊き返せば、彼女はバツが悪そうに顔をしかめた。

「実はあのとき、先輩のが見つからなくって、あたしのを穿かせちゃったんです。ほら、パンストを穿いたときに、それじゃダメだって言われて脱いだヤツ」

あの野暮ったい純白パンティのことらしい。そして、意識が戻ったときにもう穿いていなかったわけだから、ナースが着替えさせたということになる。

（そうか、だから——）

充義は頭を抱えたくなった。ズボンを脱がせたら女物のパンティを穿いていたわけで、ある意味パンストを被っていたことよりも恥ずかしい。単なる悪ふざけではなく、何かディープな趣味の男だと思われたかもしれないからだ。

（そりゃ、顔を見たらニヤニヤするのも当然だよ）

そうすると入院しているあいだ、彼女たちの好奇の眼差しを浴び続けることになるのだろうか。深く落ち込んだ充義であったが、くるみのほうは丸っきり他人事であった。

「ところで、あたしのパンツはどうなったんですか？　あれ、穿き心地がいいから、けっこうお気に入りなんですけど」

問われても、「さあ」とため息交じりに答えることしかできなかった。

ポケットに鍵（かぎ）と財布が入っていたため、充義の衣類はナースステーションにあずけられていた。それを受け取るときに、くるみは女物を穿いていた理由をナースたちに説明してくれたという。充義はひとまず安心した。

「じゃ、これ、ここにしまっておきますね」

病室のロッカーに衣類を入れた紙袋をしまい、くるみが首をかしげる。

「あと、何か必要なものってありますか？」

「いや……特にないかな。病院の寝間着があるし、下着も使い捨てだから着替えはいらないみたいだし」

「欲しいものでもいいですけど。何か食べたいものとかあれば買ってきますよ」

「いや。食欲もあまりないんだ」

いろいろありすぎて、正直げっそりしていた。

「だったら、性欲はどうですか？」

「え？」

きょとんとした充義に、リクルートスーツの処女が悪戯っぽい笑みをこぼす。

「先輩、あのときだって二回も続けて出したりして、すっごく元気だったじゃないですか。だけど、こういうところだとなかなか発散できないでしょ？　大変なんじゃないかなと思って」

精液が溜まっているのではないかと、心配してくれているのだ。理解して、充義はうろたえた。

「い、いや、そんなことは……」

「あたしでよかったら、お手伝いしますけど」

是非そうしたいというワクワクした顔つきに戸惑う。

（くるみちゃん、ああいういやらしいことが好きになったみたいだぞ）

充義のモノを愛撫するまで、彼女はナマのペニスを見たことも、触れたこともなかったはずだ。それがあの一件で、すっかりエッチな行為に目覚めてしまったらしい。とは言え、自らの肉体を開くのではなく、あくまでも牡の性器を弄ぶことに関してだが。

（つまり、また僕のをいじってくれるのか）

もしかしたら、最初からそうするつもりでパンストを穿いてきたのかもしれない。ただの見舞いではなく、先輩を性的に喜ばせてあげようと考えて。

「……まあ、そうしてもらえれば助かるけど」

急速に劣情がこみ上げて、ついそんなふうに答えてしまうと、

「おまかせあれ」

くるみは待ってましたとばかりに掛布団をはがした。

病院の寝間着は膝丈の着物タイプだ。脇の紐を解いて前合わせをめくれば、たちまちからだの前面があらわになる。

パンツは紙製だから、穿いているうちに伸びて裾回りがだらしなくなる。彼女はそこから手を入れ、ふくらみつつあるペニスを掴(つか)み出した。

「うう……」

快(こころよ)さに呻き、充義は尻をもじつかせた。分身はたちまち力を漲(みなぎ)らせ、伸びあがってしっかり根を張る。

「すごい……もう大きくなった。やっぱり溜まってるみたいですね」

はしたない言葉を口にして、脈打つものをキュッと握るのは、未(いま)だ男を知らない処女なのだ。だが、少しも躊躇(ちゅうちょ)することなく、亀頭(きとう)の裾に引っかかっていた包皮を剝(む)きおろした。

「あれ？」

彼女があらわになったくびれ部分に鼻先を寄せ、クンクンと嗅いでから眉(まゆ)をひ

そめた。

「ここ、ちょっと匂いますよ。洗ってないんですか?」

「そりゃ、入院してるから」

「サービスが悪いんですね」

風俗営業じゃあるまいし、そうそうペニスなど洗ってもらえるはずがない。それに、充義は昨日まで動かず安静にと言われていたから、入院して一度も清拭(せいしき)されていなかった。

「あ、ここ、何かついてますよ」

くるみが人差し指の先で、亀頭の段差部分をこする。

「それは……あ、くうぅ」

むず痒(がゆ)い快感に充義が呻くあいだに、彼女は付着物の正体を理解した。

「これ、恥垢(ちこう)ですよね」

納得顔でうんうんとうなずく。本か何かで得た知識なのかと思えば、

「オチンチンにも、女の子と同じものがつくんですね。ワレメのところにも、綺麗にしてないとこういうのがついちゃうんですよ」

自身の性器と比較してのものだったらしい。ともあれ、あけすけな告白に、充

義は胸の鼓動を高鳴らせた。

(女の子のアソコにも恥垢が……)

童貞を卒業して間もない身には、衝撃的で生々しい事実であった。実物の女性器を目にしたこともないから、どの場所にどんなふうに白いモノがつくのかと、考えるだけでたまらなくなる。

しかし、そんな悶々とした男心などおかまいなく、

「じゃ、綺麗にしてあげますね」

くるみはサイドテーブルにあったウエットティッシュを抜き取ると、くびれを丁寧に拭いだした。

「あ、あ、ちょっと――」

敏感な部分を容赦なくこすられ、充義は身悶えた。気持ちよすぎて目がくらみ、危うく爆発しそうになる。

「あー、けっこうついてますね。だけど、これならオマンコについたのよりずっと取りやすいです」

あっけらかんと卑猥な四文字を口にされ、ますます心が乱れる。やはり女性のアソコは構造が複雑なのかと、あれこれ考えて悩ましさが募った。

恥垢を完全に拭き取ると、亀頭もピカピカに磨く。さらに紙パンツを脱がせると、筋張った胴部分から陰嚢までも清めた。

（そ、そんなところまで――!?）

腿の付け根、汗じみた鼠蹊部まで丁寧に拭われ、充義は居たたまれなさを覚えた。しかし、それだけでは終わらなかった。

「ちょっとおしりを上げてください」

新しいティッシュを抜き取ったくるみに言われ、うろたえる。どこを清めようとしているのかわかったからだ。

「いや――そこはいいよ」

「ほら、早く」

有無を言わせぬ態度に気圧され、充義は怖ず怖ずと尻を浮かせた。すかさず、その下に彼女が手を差し入れる。

「ううッ」

濡れた薄紙が臀裂をまさぐる。病院のトイレには洗浄器がないから、その部分はかなり汚れているに違いないのに。

それでも、くるみは厭うことなく拭き清めてくれる。ひんやりしたもので谷底に溜まった汗や皮脂を拭(ぬぐ)われるのが、この上なく気持ちよかった。

「はい、キレイキレイしましょうね」

幼子をあやすみたいに声をかけながら、彼女がさらに新しいウエットティッシュを用いる。アヌスを丹念に拭われたときには、くすぐったさと申し訳なさが募り、何度も尻の筋肉をすぼめた。

それでいて、ペニスはビクンビクンとはしゃぐようにしゃくり上げる。鈴口(すずぐち)から透明な露を多量に滴(したた)らせて。

（ああ、こんなのって……）

恥ずかしさと気持ちよさで、頭がおかしくなりそうだ。

「はい、終了です。お疲れさまでした」

ようやく作業が終わり、くるみが告げる。充義はほとんど悶絶(もんぜつ)状態で、彼女の言葉を耳にしていた。

「あーあ、せっかく綺麗にしたのに、こんなにお汁をこぼして」

拭い清めたはずの亀頭は、カウパー腺液でヌルヌルになっていた。それに目を細めた年下の処女が、おもむろに顔を伏せる。

チュパッ——。

鈴割れに丸く溜まった先汁をすすられ、鋭い快美が脊椎を貫く。

「はうっ」

思わず腰を浮かせてしまい、亀頭が彼女の唇を押し広げて入り込んだ。

「ン――」

眉をひそめたくるみであったが、そのままくびれまで含んでくれた。さらに敏感な粘膜上で舌を躍らせてくれる。

「あああ……うあぁ」

初めて経験する快感に、充義は息を荒ぶらせた。

（これがフェラチオ――）

清めた後ではあるが、舐められることに罪悪感を覚える。おそらくキスもしたことがない処女の唇を穢しているのだから。それでいて悦びも天井知らずに高まるのだ。

（あ、ヤバいかも）

熱いトロミが尿道をせり上がる。歓喜に腰の裏が痺れ、予告する余裕もなく爆発しそうになったところで、くるみが口をはずした。

「ちょっとしょっぱい」

悪戯っぽい笑みをこぼし、充義を見つめる。オーラルセックスの意識はなく、単に先走りを味わっただけというふうに。

唇と尖端のあいだに、透明な糸が繋（つな）がっている。ピンクの舌が、それをペロリと舐め取った。エロチックな光景に、白く濁ったカウパー汁がトロリと滴る。

「あ、そうだ。先輩はパンストが好きなんですよね」

姿勢を戻したくるみが、タイトミニをたくしあげる。ベージュの薄ナイロンに包まれた下半身があらわになった。

「ああ……」

充義は思わず頭をもたげ、女の色香（いろか）が匂いたつ腰回りや、むっちりした太腿に見入った。

細かな網目に透けるのは、ウエストと裾回りがレースで飾られたパンティ。色こそ白だが、あのときの野暮ったい処女パンツとは比べ物にならない。

「先輩に言われたとおり、ちゃんと下着もオシャレなのにしたんですよ。どうですか？」

「うん……すごくいいよ」

「よかった。ほら、おしりのほうだってセクシーでしょ？」

くるりと回れ右をして、くるみがヒップを突き出す。驚いたことに、バックは鋭く切れ上がったブラジリアンタイプ。大胆にはみ出したおしりの丸みが、彼女が腰を振ることでぷりぷりと心地よさげにはずむ。

（ああ、なんてエッチなんだよ）

そこから甘ったるい匂いが漂ってくるよう。射精間近まで高められたペニスが、我慢できないとばかりに小躍りした。

「どうですか？」

「うん。すごくセクシーだ」

「でしょ？　わ、先輩のオチンチン、すっごい」

振り返ったくるみが目を丸くする。肉根が粘っこい露を滴らせ、下腹とのあいだに何本も糸を繋げているのに驚いた様子だ。

「もう我慢できないよ」

先輩の威厳など少しもなく、顔を情けなく歪めて訴えると、彼女は嬉しそうに口許をほころばせた。

「じゃ、スッキリさせてあげますね」

くるみはヒップを向けたまま、ベッドのすぐ脇に立った。

「さわってもいいですよ」

言われるなり、充義は鼻息を荒くして手をのばした。

(ああ、素敵だ)

若いヒップは弾力がある。ナイロンのぴっちり感と相まって指を弾きそうだ。

夢中になって揉み撫でているあいだに、屹立が再び握られる。

「うああ」

感極まっていたところに快い刺激を与えられ、分身が激しく脈打つ。あとほんの数回しごかれるだけで、精液が飛び散るだろう。

「こんなに硬くなって……ね、先輩、このまま手でこすればいいですか？　それとも、お口で射精します？」

早く出したくてたまらなかったはずなのに、人間の欲望には際限がないのか。手よりは口でという気になってしまった。

(くるみちゃん、ちゃんとフェラチオを知ってるんだな)

そんなことをチラッと考えつつ、「く、口で」と答えると、

「了解でぇす」

嬉しそうに答えた彼女が身を屈める。猛る陽根の真上に顔が伏せられ、あとほ

んの少しで唇が触れるというところで、病室のドアがいきなり開いた。

「桜場さん、検温——」

続いて聞こえた声に仰天してそちらを見れば、担当の看護師が驚愕をあらわに立ちすくんでいた。

2

（うう……こんなんで眠れるはずないよ）

二十一時の消灯時刻を過ぎても、充義はベッドの中で悶々としていた。

病衣の下では、ペニスが猛りまくって欲望を訴える。爆発寸前まで高められたところでおあずけとなったから、勃起度は半端なものではなかった。多量のカウパー腺液がジクジクと溢れ続けており、このままでは紙製のパンツを突き破ってしまうかもしれない。

だったら自分で処理すればいいようなものであるが、ゴミ箱の中身は担当看護師が捨てることになっている。イカくさい丸めたティッシュが入っていれば、すぐにオナニーをしたとバレてしまう。

そんなこと、男の生理であると看護師ならば承知しているはず。普通は仕方ないと素知らぬフリをしてもらえるだろう。

だが、昼間あんなところを目撃され、さらにひと悶着あったものだから、弱みを見せたくなかったのだ。

充義の担当看護師は、名前が矢島早百合。年は教えてもらっていないが、おそらく二十代の半ば、二十五、六歳というところではないか。

他の病室での様子はわからないものの、検温や血圧測定、点滴の準備などもてきぱきしてそつがなく、かなり仕事ができそうである。自信に溢れるキリッとした面立ちや姿勢のよさ、颯爽とした足運びにもそれが現れていた。

たまに他のナースが来て同じ作業をするものの、手際のよさが断然違う。実際、早百合よりベテランでも、点滴の調整にもたつく者がいた。彼女が来てくれると、充義は心底ホッとしたものだ。

この病院は、昨今では珍しくナースキャップを着用している。早百合のセミロングの黒髪に、それはよく似合っていた。一重瞼も涼しげで、どんな状況でも冷静に対処してくれそうな安心感がある。

ただ一点、不満なところもあるにはあった。

ともあれ、そういういかにもプロフェッショナルなひとだったから、病室でオナニーをするような節操のない男だと思われたくなかった。もっとも、あんなところを見られた後では、今さら遅いのだろうが。

（しょうがない。トイレで出してくるか）

そう考えたとき、控えめなノックの音がした。

「あ、はい」

充義が返事をすると、ドアが静かに開く。銀色の医療用ワゴンを押して入ってきたのは早百合であった。

「あ、あの……何か？」

戸惑いつつ訊ねれば、彼女は無言のままベッドの脇まで進み、枕元のライトを点けた。常夜灯の照らす薄暗い病室が、ベッドまわりだけ明るくなる。

「これから清拭をします」

早百合が生真面目な表情で告げた。

「え、こんな時間にですか⁉」

「昼間は忙しかったものですから。それに、これ以上ナース失格などと侮辱されたくありません」

彼女の頬に苛立ちが浮かんでいるのを認め、充義はすべてを理解した。

（矢島さん、くるみちゃんに言われたことを気にしてるんだな――）

パンスト尻をあらわにし、今まさにフェラチオに及ぼうとしていたところを見つかり、くるみもかなり恥ずかしかったはずである。ところが、早百合が取り乱すことなく冷静に、

「病室内での淫らな行為はご遠慮願います」

なんて告げたものだから、カチンときたらしい。

「淫らな行為なんかしてません！　あたしは、先輩のオチンチンやおしりを綺麗にしてあげてただけです」

スカートを戻しながら喰ってかかったのだ。

あの状況を見られたあとでは、かなり苦しい言い訳であったろう。早百合もあきれ顔で肩をすくめた。

「綺麗にって、犬や猫みたいに汚れを舐め取っていたんですか？」

皮肉めいた問いかけにも、無謀な処女は一歩も引かなかった。

「あれは特別サービスです。ううん、先輩が苦しそうだったから、楽にしてあげようとしただけじゃない。先輩は性欲が強いんですからね。一日射精しないだけ

で、キンタマにいっぱい精子が溜まっちゃうのよ」

　そんなことはないと口を挟める空気はまったくなかった。寝間着の前を合わせて勃起を隠し、充義はいったいどうなるのかとオロオロするばかりだった。

「だいたい、様々な感染防止のために患者さんのからだを綺麗にするのは、ナースの仕事のはずでしょ？　健康管理が全然なってないわ。先輩のオチンチンには白いのがいっぱいついてたし、おしりだって汚れてたんですからね。これじゃ入院してたほうが病気になっちゃうわよ」

　早百合を攻撃する言葉の刃は、充義も切り刻んでいた。恥ずかしさに耳まで火照らせ、（たのむからもうやめてくれ）と叫びたくなる。

「あ、あなたにそんなことを言われる筋合いはありません。わたしは看護師として、桜場さんのお世話をきちんとやっています」

「へー、それであんな恥垢まみれのチンチンなんだ。一週間も入院してたら、先輩はチーズ屋さんになれるんじゃないかしら」

　胸の悪くなるようなことを平気で口にする。これではほとんどクレーマーだ。

　普段冷静な早百合が顔を真っ赤にし、肩をプルプルと震わせている。かなり怒っているのは火を見るよりも明らかだ。

と、そんなナースの全身をジロジロと値踏みしたくるみが、ニヤッと不敵な笑みを浮かべた。

「それに、そんなだらしのない格好じゃね。ナース失格だわ」

断定され、早百合が色めきたつ。自身の白衣姿を見おろし、

「こ、これのどこがだらしないって言うんですか⁉」

小鼻をふくらませて反駁した。

「そんなこともわからないから、ナース失格だっていうの。それで先輩のお世話をしようなんて、鼻で笑っちゃうわよ」

くるみが言ったまんまにフフンと小馬鹿にした笑みをこぼしたものだから、しっかり者の看護師が唇を震わせる。何か言おうとしたようだったが、くるりときびすを返し、そのまま病室を出てしまった。

「よし、勝った」

満足げにガッツポーズをした後輩に、充義はやれやれとため息をついた。

(くるみちゃんって、けっこう気が強いんだな)

結局、邪魔が入ったことで愛撫の続きという雰囲気ではなくなり、充義は悶々とすることになったのである。

「では、失礼します」

早百合が掛布団を剝がし、病衣の前を開く。紙製ブリーフの前は円錐状にもっこりしており、頂上は濡れて肉色を透かしていた。

（うう、みっともない）

居たたまれなさを覚える充義をベッドに坐らせ、早百合は病衣を肩からはずした。上半身を裸にしたところで、タライにひたしたタオルを絞る。

「冷たかったら言ってくださいね」

告げてから、背中を丁寧に拭きだした。

（ああ、気持ちいい）

充義はうっとりとなった。

タライの水の温度は、体温よりぬるい程度か。濡れタオルがやけに心地よい。さすがプロだけあって、痒いところに手が届く念入りさだった。

そのままからだの前面に移り、首や腕、腋の下も清拭される。こする強さもちょうどいい。くすぐったい心地よさに、分身が《ボクも拭いて》と言わんばかりに脈打った。

上半身が終わると下半身。充義は仰向けにされ、足のほうから拭われた。指の股までこする念の入れように、戸惑いも覚える。

（くるみちゃんにあんなことを言われたからだな）

ほんのわずかな汚れや汗も見逃すまいと、躍起になっているようだ。

そうして脛から膝、太腿の裏表も完璧に拭き取られる。残るは紙の下着に隠されたところだけだ。

そこはくるみが綺麗にしたから、充義は拭かれなくてもいいと思っていた。むしろ、破裂しそうな分身を見られたくなかったのだ。

だが、年下の娘に対抗心を燃やしているらしいナースが、それで終わりにするはずがなかった。

「これ、だいぶくたびれているみたいだから取り替えますね」

ゴムの緩んだ紙ブリーフに両手をかけ、「おしりをあげてください」と言う。

逆らうことは許しませんという強い眼差しに気圧され、充義は渋々従った。

最後の一枚が無造作に引きおろされる。亀頭がゴムに引っかかり、勢いよく反り返って下腹をペチリと叩いた。

「う――」

それだけでほとばしらせそうになり、充義は呻いた。カウパーの雫がわずかに飛び散り、尖端と腹のあいだにも細い糸を結ぶ。

猛る牡根に、早百合がチラッとだけ視線をくれた。けれど顔色を変えることなく、それまで使っていたタオルをワゴンの下にあるバケツに投げ入れ、別のタオルを手にとった。それも、見るからにおろしたての真新しいものを。

それがくるみへの対抗心からであると、充義はすぐに察した。少しでもタオルに汚れがついたら、所詮素人はプロに勝てないのだと、溜飲を下げるつもりに違いない。

(そこまでムキにならなくてもいいのに……)

あきれつつも、これはかなり丹念にやってくれそうだと、期待がふくらむ。早百合がタオルを絞るあいだも、剝き出しになった勃起がビクビクと跳ね躍った。

「では、失礼します」

生真面目なナースが肉茎の根元をギュッと握る。それだけで目のくらむ悦びが背すじを駆け抜け、充義は腰を震わせて「くぅ」と呻いた。爆発を堪え、尻の穴をいく度もすぼめる。

くるみがそうしたように、早百合も敏感なくびれ部分から拭いだした。濡れタオルはウエットティッシュよりも柔らかく、刺激がセーブされるぶん快い。自然と腰が浮きあがる。

（うう、かなりキテるよ、これ）

懸命に上昇を抑え込み、ナースのテクニックに舌を巻く。彼女は同じところをしつこくこすり、充義を窮地（きゅうち）に追い込んだ。

「何なのよ、まったく……」

ブツブツと呟（つぶや）く声が聞こえる。どうやら思ったように汚れが取れないらしい。それで完全に頭に血が昇ったか、ペニスばかりか陰嚢や鼠蹊部も執拗に拭う。もちろんその部分もくるみが綺麗にしたから、汚れなど残っていない。袋のシワを丁寧にのばしても同じこと。睾丸を圧迫し、ただ充義を悶絶寸前まで追い込むばかりであった。

「ちょ、ちょっと、矢島さ――」

懸命に呼びかけても、早百合は聞き入れない。いよいよヤケになったか、

「ちょっと、両膝を抱えて！」

憤（いきどお）りをあらわに命令し、担当患者におしめを替えるときのような格好をさせる。股間どころか尻の穴まで曝（さら）け出すポーズに、充義は屈辱を覚えた。

（なんだって僕がここまでしなくちゃいけないんだよ）

涙を滲(にじ)ませたところで、尻の谷間を濡れタオルで拭われる。

「くうう……」

アヌスをこすられ、充義は腰をカクカクと揺らした。

タオルは谷底を何度も往復したものの、そちらも特に汚れは残っていなかったようだ。しつこいナースはとうとう指先にタオルを巻きつけ、すぼまりの中心に突き立ててグリグリと抉(えぐ)った。

「くはっ、あ――や、やめてください」

本当に奥まで突っ込まれそうで、恐怖を覚える。どうして病院でそんなところを抉られなくちゃいけないのかと、情けなくなった。

そうやって充義にさんざん呻き声をあげさせてから、早百合が勝ち誇った声をあげた。

「ほら、こんなに汚れが残ってるわ。やっぱり素人は駄目ね」

タオルを腸内にまでめり込ませれば、汚れがつくのは当然である。ようやく責め苦から解放された充義は、ぐったりして手足をのばした。

「あら、こっちも汚れてるわ」

彼女の声に目を開ければ、股間の欲棒はガチガチに強ばりきってそそり立ち、透明な先汁をいく筋も垂らしていた。頭部ばかりでなく、胴体までヌルヌルである。アヌスを凌辱(りょうじょく)され、感じてしまったのだろうか。

「しょうがないわね、こんなにしちゃって」

早百合がやれやれという顔つきで、タオルの綺麗な面を亀頭にかぶせる。自身が男をここまで追いやったという意識は、毛頭(もうとう)なさそうだ。

そして、肉胴に絡みついたカウパー腺液を、ゴシゴシと容赦なく拭いだした。

「あああ、駄目――」

限界ギリギリ状態にあったペニスが、堪える間もなく頂上に達する。ビクンビクンと雄々しくしゃくり上げ、溜まりきった牡のエキスを放出した。

「え、なに!?」

タオルにくるまれた牡根が暴れまわるのに、早百合は目を白黒させた。

3

「ところで、あの子はわたしのこと、格好がだらしないとかナース失格だとか言ってたけど、どういう意味なのかしら?」

精液の後始末を終えてから、早百合が両手を腰に当てて首をかしげた。こちらに訝(いぶか)る眼差しを向けてくる。

オルガスムス後の著しい脱力感にひたっていた充義は、ぼんやりと彼女を見つめた。欲望を放出した分身も、陰毛の上に持ち主と同じようにぐったりと横たわっている。尖端に半透明の雫を光らせて。

(何なんだよ、いったい……)

仕事のできるひとだと思っていたら、目の前の看護師はとんだ食わせ者だったようだ。プライドが高く、自分が一番でなくては気が済まない性格らしい。

だからこそ高度なスキルが身についたにせよ、こちらはそのプライドを満足させるための道具にさせられたのだ。まったく、冗談じゃない。

そんな思いが、充義をいつになく反抗的にさせた。

「ああ、それはパンストを穿いてないからですよ」

「え、パンスト?」

早百合がきょとんとし、自らの脚を見おろす。

彼女は膝下までの黒いソックスを穿いていた。肌が薄(うっす)ら透けるそれは、パンストと素材は一緒かもしれない。しかし、女性らしさを惹き立てるファッションとしては、月とスッポンの差がある。

しかも、彼女は好んで黒ソックスを穿いていたのだ。

「ナースなら、白衣の下は白いパンストを穿くべきです。黒は論外ですし、ベージュも好ましくない。ましてソックスなど許されません。よって、矢島さんのそれはまったくの問題外です」

パンストの良さを理解したくるみも、早百合の脚を見てナース失格と言ったのである。あとでそのことを聞き出し、充義もずっとそう感じていたから、ふたりは大いに意気投合した。

「――ば、馬鹿じゃないの⁉　パンストだろうがソックスだろうが、選ぶのはわたしの自由じゃない。そんなことまで指示されるいわれはないわ」

プライドの高いナースが憤慨する。しかし、充義も負けていなかった。

「ナースの白パンストは、そのナースキャップと同じものです。実用性がどうのではなく、ナースらしさを演出するもの、要はシンボルです。それによって患者はナースへの信頼感を高め、安心して治療を受けることができるんです」

「そんなの、ただの懐古的な思い込みじゃない」

「だけど、患者がそれをナースに求めているのは事実です。僕も、矢島さんは素晴らしいナースだと認めてますけど、その黒いソックスのせいで今ひとつ信頼が持てなかったんですから」

「そんなことで……」

信じられないという表情を見せた早百合に、充義は畳みかけた。

「どんな職業だって、見た目の印象が大切というのはおわかりでしょう？　くるみちゃ——昼間ここにいた女の子も、そのことを言っていたんですよ。もちろん僕も同感です。それに、僕が彼女とああいうことをしたのだって、パンスト姿がすごくセクシーだったからです。女性としての魅力を高めるためにも、矢島さんは白パンストを穿かなくっちゃいけません」

由佳里相手にパンストを語ったときと同じだった。自らの主張に熱くなるあまり、状況も忘れて語りまくってしまった。しかも、どうでもいいことまで。

くるみのパンストに欲情したなんて話は、論争の本筋とはまったく関係がない。充義も言ってから気がつき、（しまった！）と口をつぐんだ。

ところが、くるみの名前が出たことで、早百合は対抗意識を燃やしたらしい。

「つまり、あんな小娘のほうが、わたしよりも魅力があるってことなの⁉」

彼女も本質からズレたことで突っかかる。

「いや……まあ——えと」

充義が返答に窮していると、プライドを傷つけられたナースが「ふんッ」と鼻息を荒くする。素っ裸の充義を残して、足音も高らかに病室を出ていった。

(って、僕のパンツは……？)

清拭の道具は残したままだし、また戻ってくるのだろうか。しかし、替えのパンツのことなど、完全に忘れている様子だ。

仕方ないとベッドに起きあがり、ノーパンで病衣を着たところで、ドアがバタンと開く。

「え？」

早百合だった。大股で近づいてくるその手には、パッケージに入ったままの白パンストがあった。

「これを穿けばいいんでしょ⁉」

喧嘩腰で言われ、「は、はい」と気圧されてうなずく。

「だけど、それ、どうしたんですか？」

「後輩のを無断拝借(はいしゃく)したのよ」

そんなことをして大丈夫なのかと、問いかけることはできなかった。なぜなら、パッケージを破いて新品のパンストを取り出した彼女が、少しも躊躇することなく白衣をたくし上げたからだ。

（わ――）

彼女が穿いていたのは、ガードルタイプの矯正下着であった。

柔肌にぴっちり張りついているものの、短パンと変わらぬ面積だからセクシーさに欠ける。色もベージュだ。

ただ、いくら色気のない下着でも、美人ナースがあられもない姿を晒しているのである。衝撃を受けずにはいられなかったし、動悸も激しくなる。股間の分身が早くも新たな血流を迎えだした。

（こんな色っぽいからだをしていたのか！）

ガーターでは抑えきれないむっちりボディもたまらない。窮屈な下着に包まれた腰回りはパツパツで、裾からはみ出した太腿も肉厚だ。

目の前の若い男を昂奮させている意識など微塵もないのか、早百合が両足からシューズをポイポイと飛ばし、白いパンティストッキングを身に着ける。腰まで引きあげてから白衣を戻し、「これでどう？」と充義を睨みつけた。

「あ……えっと」

充義は返答に迷った。

密着した薄物が、艶脚のラインをいっそうなめらかにする。それはいいのだが、中が実用本位の下着というのは興醒めだ。せっかくの白パンストで、しかもこんな魅力的なからだなのにもったいない。焦れったさすら覚える。

こちらの要望どおりにしてくれたわけであり、大変けっこうですと答えればよかったのである。それができなかったのは、充義のパンストにかける情熱ゆえであった。

「ただ白いパンストを穿けばいいってものじゃないんです。パンストは中に穿いている下着が透けて見えるわけですから、そのコンビネーションも大事にしなくちゃいけません。正直、矢島さんの下着は、白パンストが象徴するところの清純さに著しく欠けています」

さすがにババくさいとは言えず曖昧な表現で伝えたものの、早百合は悔しげに地団駄を踏んだ。

「なんだってそこまでしなくちゃいけないのよ!? たかがパンストのことで」

その反論は、パンストに青春を捧げた充義には不愉快極まりないものであった。そして、彼女がくるみと比べられたことでここまでしたことを思い出し、ならばと焚きつける。

「昼間の女の子――くるみちゃんがパンストの下にどんな下着を穿いていたかわかりますか？　ベージュのパンストに映えるレースのオシャレなやつで、バックも切れ込みが深くてすごくセクシーだったんですよ。そこまでしなければ、パンストを穿く意味がありません。矢島さんの場合は、まさに画竜点睛を欠くです」

故事成語まで持ち出せば、案の定、負けず嫌いナースの瞳がきらめく。二度と文句は言わせないとばかりに息巻いた。

「だったら、わたしはどんな下着を穿けばいいのよ⁉」

「かたちは普通のビキニタイプがいいでしょうね。それこそ白衣の天使を地でいく清純さが大切ですから、派手なものは駄目です。レースとかの装飾はいりません。色は白か、せいぜいピンクや水色のパステルカラー。模様がつくのであれば、水玉やストライプのオーソドックスなものか、小花を散らすぐらいでとどめるべきです」

「わかったわ。首を洗って待ってなさい」

ついさっき首を綺麗に拭いてあげた相手に向かってそんなことを言い、再び病室を出てゆく。かなり頭に血が昇っているであろうことは、シューズも履かずに立ち去ったことからも明らかだ。

(パンツも後輩から借りるのかな?)

密かに予想しつつ、思いどおりに事が進んでいることに、充義は戸惑いと喜びの両方を感じていた。ナースの白パンスト姿、それも下着との組み合わせまで見せてもらえる機会なんて、そうそうあるものではない。アダルト雑誌のグラビアならいざ知らず、彼女は本物の看護師なのだ。

ワクワクしながら待ちわびていると、早百合が戻ってくる。しかし、その手には何も持っていなかった。

(なんだ、見つからなかったのか)

がっかりしたものの、そうではなかった。彼女は得意げにフフンと笑い、白衣の裾を大きくめくりあげたのである。

「ああ……」

思わず感嘆の声を洩らし、あらわにされた下半身をうっとりと見つめる。白い薄物に透けるのはさっきのガードルではなく、白地に淡いグリーンのストライプが入ったビキニパンティだった。

(何て素敵なんだ)

いささか子供っぽい下着が、白いナイロンに透けることでコケティッシュな魅力を振り撒く。これぞ鬼に金棒。白衣のナースを天使に変身させる。

「これでいいんでしょ？」

挑む眼差しに、充義は何度もうなずいた。

「それも後輩から拝借したんですか？」

「パンツのこと？　これはわたしのよ。汚れたから穿き替えたやつだけど」

子供っぽいものの次に矯正下着と、かなり節操がない。おそらくあるものを適当に穿いているのではないか。

(だから白衣に黒いソックスを穿いたりするんだな)

おそらくそのほうが楽だからだろう。とにかく仕事第一で、衣類のコーディネイトには無頓着のようだ。

だが、これで大切なことを理解してもらえたのではないか。

「はい、おしりも見せてあげる」

早百合がくるりと回れ右をし、ヒップを見せつける。こちらもたわわに実った丸みが美味しそう。大きさはくるみとほとんど変わりないが、年長なぶんよく熟れて、お肉の下側に水滴のようなラインが綺麗に描かれていた。

（ああ、たまらないよ）

胸の鼓動が速まり、息が荒ぶる。完全勃起した分身の脈動を感じつつ、充義は魅惑のパンスト尻に見とれていた。

と、いつの間にか早百合がこちらを振り返っていた。

「物欲しそうな顔しちゃって……」

クスッと笑われて、恥ずかしくなる。けれど、セクシーな美尻から視線をはずすことは困難であった。

だから、彼女が白衣を元に戻し、こちらに歩み寄ってきたときには、これで終わりなのかとひどくがっかりした。けれど、ここからが本番だったのだ。

「どう、そそられた？」

ストレートな質問についうなずくと、美貌のナースが淫蕩な笑みをこぼす。そして、いきなり股間に手をのばしてきたのである。

「あうッ」

病衣越しに強ばりを握られ、充義は呻いた。じんわり広がる快さに、その部分が激しく脈打つ。

「すごく硬いわ……さっき、あんなにたくさん出したのに」

早百合が握りに強弱を加え、牡根の硬さや大きさを確認する。それによって悦びが高まり、充義は腰を揺らして喘いだ。

そうやって快楽の虜となっていたものだから、「横になりなさい」という早百合の命令にも、素直に従ったのである。さらに気持ちのいいことをしてもらえるに違いないと期待して。

病衣の前が甲斐甲斐しく開かれ、からだの前面があらわにされた。もちろん、下腹にへばりつくようにそそり立つペニスも。

「こんなに大きくしちゃって」

ため息交じりにつぶやいたナースが、再び屹立を握り込む。柔らかな指が身をよじりたくなる快さをもたらし、尖端から欲望液がトロリとこぼれた。

「いいわよ。また出しなさい」

手筒が緩やかに上下しはじめる。包皮がスライドして、心地よい刺激を敏感な部位に与えた。

しかし、それだけでは物足りない。

（ああ……矢島さんのおしりが欲しい）

快感が募るにつれ、さっき目にした魅惑の丸みを我がものにしたくてたまらなくなる。昼間、くるみのヒップを愛でながらペニスを愛撫された記憶が、鮮烈に残っていたためなのか。

そんな内心を悟ったわけでもないだろうが、早百合が勃起を握ったままベッドに上がってくる。背中を向けて充義の胸を跨ぎ、白衣を片手でたくし上げた。

目の前に白パンストに包まれた、女の色香溢れる下半身が現れる。

「うわぁ……」

充義は感動のあまり、涙ぐみそうになった。これぞナースの神髄という姿に、昂奮が一気にヒートアップする。

ビキニタイプのパンティは、裾から臀部の一部をはみ出させる。愛らしいストライプ模様も、ぷりっと柔らかそうなお肉も、白い薄物に覆われることでやけにエロチックに映った。これもパンスト効果なのだ。

「あなた、おしりが好きなのね。それともパンストを穿いたおしり？　ペニスがすごいことになってるわよ」

そこが勢いよく頭を振っていることは、充義も自覚していた。根元をギュッと握られることで、亀頭が破裂しそうになる。

「こんなになってるってことは、あの女よりもわたしのほうが、ずっと魅力的だからなのね？」

質問の『あの女』がくるみのことであるのは、すぐにわかった。充義が返答せずに押し黙ったのは、どちらがいいかなんてとても決められなかったからである。もっとも、

（ベージュと白のどっちがいいかなんて、決められるはずないじゃないか！）

という、あくまでもパンスト本位の意見であったのだが。けれど、その沈黙が負けず嫌いナースの競争心に火を点けたらしい。

「どうして黙ってるのよ⁉　わたしのほうがあんなガキっぽい女よりもずっとセクシーだし、テクニックだってあるんだから」

告げるなり、手にした強ばりにしゃぶりつく。

「くあああぁッ！」

充義は腰をカクカクと振り立て、歓喜の声をほとばしらせた。

くるみのフェラチオは、亀頭を含んで飴玉（あめだま）みたいに転がすだけの、それこそ無邪気な戯（たわむ）れでしかなかった。しかし、早百合は違う。相応に経験を積んで男を悦ばせるすべを会得したことが窺える、絶妙な口淫（こういん）であった。

くびれ部分に長い舌が巻きつき、ヌルヌルとこすられる。それを続けながら頭

を上下に振り、肉胴をぴっちり締めた唇でしごく。

（ああ、すごすぎるよ……）

唾液をたっぷりと溜めた口内は温かく、ぢゅぽぢゅぽと卑猥な音が聞こえてくる。カウパー腺液も多量に溢れ、泡立っているに違いない。

本格的なオーラルセックスはほとんど初めてという充義を、早百合の舌と唇が桃源郷（とうげんきょう）に誘う。おまけに目の前には、ナースの魅力の象徴たる白パンストのヒップ。熱心な吸茎（きゅうけい）行為にあわせていやらしく左右に振られるそれも、彼の情欲を根底から揺さぶった。

（こういうのを、口が達者って言うのかな……）

慣用句の解釈を間違っていることにも気づかず、脳が溶けそうな愉悦に漂う。

ストライプのパンティは、クロッチ部分だけ横縞（よこじま）模様がない。目を凝（こ）らすと、その部分に薄らと黄色いシミができていた。穿き替えたのは汚れたからであろうし、そんなものがあっても不思議ではない。

しかし、下着を汚しているのが白衣の天使だけに、いけないものを目にしたというドキドキ感が尋常ではなかった。

饐（す）えたような酸っぱい匂いが漂ってくる。汚れた下着が体温でぬくめられて発するものだろうか。はたまた女体がこぼす新鮮な恥臭なのか。

どちらにせよ、充義はその淫香をもっとしっかり嗅ぎたくなった。魅惑のヒップにも密着したくて、両手を差しのべる。

そのとき、早百合が肉根をチュパッと吸いたてた。

「くはぁッ！」

目のくらむ悦びが背すじを駆け抜け、反射的に艶腰を両手で掴む。そのまま自らのほうに引き寄せた。

「むふッ」

ナースの太い鼻息が陰嚢の縮れ毛をそよがせる。バランスを崩した彼女は、充義の顔に勢いよく尻を落とした。

「むうぅっ！」

たわわな柔尻が顔面を押し潰す。パンストに包まれたそれは極上の美感触だ。ぷりぷりでスベスベ、ちょっぴりザラザラ、まさに擬態語の博覧会。鼻面が陰部にめり込んで息苦しいはずなのに、この上なく心地よく感じられた。

そして、流れ込む濃厚な媚臭が脳を痺れさせる。

（ああ、なんていい匂いなんだ）

看護師の激務をこなしたあとで、しかも穿いているのは取り替えねばならないほど汚れた下着なのだ。かつて嗅いだ由佳里のもの以上に酸味が強く、鼻奥がツンと刺激される。

けれどそれが、たまらなく魅力的だ。

「もう、馬鹿ね」

強ばりから口をはずした早百合が、あきれたふうにたしなめる。しかし、求められたのが嬉しいのか、腰を浮かそうとはしない。むしろ愉しげに重みをかけてくる。それればかりか、

「ほらほら、こういうのが好きなの？」

縦方向に腰を振り、陰部をこすりつけるような動作までする。それによって、鼻先がいっそうクロッチにめり込んだ。

「むふぅ、う——くうう」

遠慮なく鼻腔になだれ込む淫靡な香りに、醱酵しすぎたチーズみたいな成分が混じりだす。それにむせ返りそうになりながらも、充義は気がついた。クロッチが熱く湿ってきたことに。

（え、これは——）

ヒップのくねり方もいやらしくなってきたよう。あるいは秘部を刺激して、濡れてきたのではないか。そのとき、

「ン……ああ」

ナースの艶っぽい喘ぎ声が聞こえた。

（やっぱり感じてるんだ！）

ならばと、充義は頭を左右に振り、女芯を鼻頭でぐにぐにと抉った。

「いやぁ、も、エッチぃ」

早百合が艶っぽい声音でなじる。お返しをするように、再び肉根を頬張った。

チュッ――レロレロ……。

亀頭を吸い、舌を躍らせる。その部分は唾液でふやけることなく、充血してさらに張りつめているようだ。

（うう……気持ちよすぎるよ）

顔面に押しつけられるパンスト尻の感触が、フェラチオの快感も高めてくれるよう。そうして女陰のぷにっとした弾力と、悩ましい秘臭を薄布越しに堪能するうちに、その部分を目でも確かめたくなった。

（ここまでしてくれてるんだし、見てもいいよな）

欲望に抗いきれず両手をパンストのゴムに引っかけ、内側の縞パンティごとずるずると引きおろす。彼女は特に抵抗などせず、臀部の丸みが半分以上もあらわになった。

中心の深い切れ込みは、底の部分に薄茶色の色素が沈着している。そこから蒸れた汗のすっぱみが匂ったとき、ちんまりとしたツボミが目に入った。

（矢島さんのおしりの穴だ――）

美人ナースの肛門。性器に並ぶ恥ずかしい部分を目にして、目眩いがしそうなほど昂奮する。

（なんて可愛いんだろう）

秘められた部分を確かめたかったはずが、アヌスの鮮烈な愛らしさに手が止まる。それ以上パンストとパンティを脱がすことなく、充義は放射状の綺麗なシワにうっとりと見とれた。クンクンと鼻を蠢かすと、かすかに醱酵した香ばしさが嗅ぎ取れ、ますます劣情に苛まれる。

「ちょっと、何してるのよ？」

アヌスを凝視されていることに気づいたのか、早百合がフェラチオを中断して咎める。そのままヒップも浮かせてしまった。

（ああ、そんな――）

魅惑の豊臀が我が手を離れ、充義は心の中で嘆いた。ちゃんと秘部まで見ておけばよかったと後悔したものの、後の祭である。

彼女はずらされたパンストをそのままに、清拭用具をのせたワゴンから乾いたタオルを一枚とった。それで充義に目隠しをさせる。

「絶対に見ちゃ駄目よ」

言い含められ、何をされるのかわからぬまま、いちおう「はい」とうなずく。すぐそばで衣ずれの気配を感じて間もなく、何かが顔に近づいてきた。蒸れた温かさも伝わってくる。

漂うなまめかしい匂いで、早百合が下着を脱いで跨がってきたことを充義は悟った。それから、クンニリングスをさせるつもりなのだということも。

「むう――」

ヌメったものが唇に押しつけられる。鼻先に恥叢が触れたことで、彼女がさっきとは逆の向きで股間を乗せてきたのだと理解した。

「ねえ、舐めて」

言われるなり、充義は舌を出した。恥裂をかき分け、抉るように舐める。

「あふッ」

顔に乗った腰がわななき、陰部がキュッとすぼまったのがわかった。

「そうよ……もっとペロペロしなさい」

早百合はすっかり女王様気取りである。あるいは、他の患者にもこんなふうに奉仕させたことがあるのだろうか。

舌に粘っこいものが絡みつく。充義はほんのりしょっぱいそれをすすり、代わりに自らの唾液を塗り込めた。クンニリングスなどまったくの初めてだが、とにかく舐めればいいのだろうというぐらいのつもりで舌を動かす。どこが感じるのかなど深く考えもせずに。

それでも、大胆なナースは艶めきを帯びた声をあげた。

「あ、あッ、そこぉ」

そこと言われても、どこなのかさっぱりわからない。目隠しを取りたかったものの、勝手なことをしたらそれで終わりになるかもしれない。彼女は自分の思いどおりにならないと気が済まないタチのようであるから。

とにかく求められるままに舌を動かし、秘芯をすする。

「こ、ここ……ここを舐めて」

早百合が腰の位置を調節し、上唇の真ん中にコリッとしたものを触れさせた。

そこをひと舐めしただけで、

「ふはぁあああっ！」

と、あられもないよがり声が響き渡る。その小さな突起がクリトリスであることを、充義は理解した。狙いをはずさないように注意し、尖らせた舌先でレロレロと転がし続ける。

「あ、ああッ、いいのぉ……も、もっと」

はしたない声で悦びを訴え、内腿を痙攣(けいれん)させる淫らな看護師。ねぶられる秘核(ひかく)から、何かがボロボロと剝がれているようだ。

（ひょっとして恥垢なのか⁉）

女の子も男と同じように白いものがつくと、くるみが言っていた。それがこれに違いない。

（何だよ、僕のペニスが汚れてるみたいに扱っておきながら、自分もこんなのをつけてたなんて）

それに、匂いだって強烈だ。もちろん少しも不快ではなかったが、このことを指摘されたら、さすがに早百合も羞恥(しゅうち)に泣きむせぶのではないか。

そんなことを想像して優越感にひたりながら、充義は舌奉仕に精を出した。恥垢も唾液に溶かして喉に落とし、彼女との一体感を覚える。

「あ、あ、ア――感じるぅ」

よがり声が高まるほどに、舌の律動がねちっこくなった。小さな突起を味蕾(みらい)のザラつきでねろり、ねろりとねぶりまくる。

「くうう、い、いく――」

アクメの呻きが聞こえ、顔に乗った股間が細かな痙攣を示す。恥唇から溢れた女蜜が、彼の顎(あご)をべっとりと濡らした。

(イッたんだ……)

ハァハァと荒ぶる息づかいを耳にしながら、充義はひと仕事やり遂げた充実感にひたった。けれど、自分はまだ満足していない。フェラチオで高められたペニスは、次はこっちの番だとばかりに暴れ回っていた。

顔の上から早百合が離れる。充義を跨いだまま、ずりずりと後退した。そそり立つものの真上まで移動したところで、摑まれた分身の先に濡れた熱さを感じる。

(まさか――)

期待がこみ上げるより先に、ヌメる媚肉が若茎を包み込んだ。

「あううーっ」

神経を甘く蕩かす悦びが、波紋のごとく手足の先まで伝わる。充義は背中を浮かせ、総身をヒクヒクとわななかせた。

「目隠しをとってもいいわよ」

言われて、目許に巻かれたタオルを毟り取る。早百合は股間の上に坐り込んでおり、結合部分には、絡みあうふたりの陰毛が見えるだけであった。

（ああ……矢島さんの中に入ってる）

彼女の中に侵入していることは、分身にまつわりつく濡れた柔ヒダが、わずかに蠢いていることからも明らかである。しかし、それ以上に充義を深く感動させたのは、早百合がパンストを完全に脱がず、片方の脚に残していたことだ。

ストライプのパンティも一緒に、丸まったものが腿の半ばに引っかかっている。それもまた、男心を揺さぶるエロチックな光景であった。

「……わたし、患者さんとこんなことするなんて、初めてなんだからね」

艶っぽい眼差しで睨まれ、充義の胸に喜びが満ちる。光栄だと思った。

「男の患者さんたちにせがまれて、アッチのお世話をしてあげる若いナースが、ウチの病院にいるの。もちろん規則違反なんだけど、わたしは全然誘われないのよ。もう女としての魅力がないのかしらって、正直落ち込んでたんだけど、パンストを穿いてなかったせいなのね。これからはちゃんと穿くことにするわ」

おそらく、患者たちはてきぱきと仕事をこなす早百合に気後れして、声をかけづらかったのだろう。けれど、今回のこれで彼女も変わり、親密に彼らと接することができるようになるのではないか。

それこそ、白パンストによって魅力もずっと高まるであろうし。

(そうか。くるみちゃんに対抗意識を燃やしたのも、後輩の若いナースに負けてるって自覚があったからなんだな)

その悔しさから、負けてなるかと発憤したに違いない。ただ、かなり暴走してしまったことは否めないが。

と、早百合が緩やかに腰を回しながら、晴れ晴れとした顔を見せる。

「だけど、男を従わせるっていいものね。アソコを無理やり舐めさせたり、こんなふうに上に乗ったりするのって初めてだけど、ものすごく昂奮するわ」

高揚した口調で述べ、瞳をきらめかせるナースに、充義は不吉なものを覚えた。彼女が何か妙な嗜好に目覚めたかに見えたのだ。

そしてそれは、あながち杞憂でもなさそうだった。

「これからは他の患者さんたちにも、同じことをしてあげようかしら？」

クスッと笑った早百合に、大丈夫かと心配になる。ここの患者の治癒率が、行き過ぎたサービスのために著しく低下するのではないだろうか。

「じゃ、わたしにいろいろと教えてくれたお礼に、あなたをもっと気持ちよくしてあげるわ」

牡を迎え入れた内部がキュッとすぼまり、艶腰が前後に振られる。騎乗位は初めてとのことだったが、すぐにコツを掴んだらしい。動きがなめらかになった。

「あん、あン……気持ちいい」

喜悦の声をあげた早百合が、白衣の前を開く。水色のブラジャーを上にずらすと、まろび出た乳房を鷲掴みにして揉みだした。

「くうう、いい——あ、感じるぅ」

目を閉じて、快楽の波にたゆたう。交わる性器が新たな湯蜜をこぼし、ヌチュヌチュと卑猥な音をたてだした。

（うう……たまらない）

白衣を乱した看護師の、なんとセクシーなことか。エロ雑誌のグラビアでしか見たことのない光景が、目の前で繰り広げられている。媚肉でペニスを摩擦され、充義は悦びに手足を痙攣させた。余計な心配事など、次第にどうでもよくなる。

「気持ちいい……ああ、もっとよくなりたいのぉ」

早百合が両膝を立て、ヒップを上下に振り出した。柔尻が股間にパッパッと打ちつけられる。そこに持ちあがった陰嚢がぶつかり、はね返ってゴムボールのようにはずんだ。

夜の病室での、欲望にまみれた交わり。ベッドの軋み(きし)をふたりの喘ぎと呻き、それから肉擦れの淫らな粘つきがかき消す。室内には消毒液の清潔な香りの代わりに、甘酸っぱいセックスの匂いが充満した。

「も、もうイキそうです」

充義が降参して告げると、強ばりをヌルヌルとしごく膣肉が、たしなめるようにすぼまった。

「う……いいわ。中に出して」

「いいんですか?」

「ええ。だけど――あ、くうぅ、ま、まだできるわよね。若いんだから」

どうやら二回戦、ひょっとしたら三回戦と続けるつもりらしい。

（さっきもすぐに回復したから、パンストを穿いてあれこれすれば、すぐに勃起すると思ってるんじゃないだろうか）

実際、またパンストを穿いて顔面騎乗でもされた日には、そうなる公算が大きい。このままだと、タンクが空になるまで搾り取られるのではなかろうか。

生きてこの病院を出られるだろうかと不安を覚えつつも、充義には選択肢も決定権もなかった。甘美で心地よい摩擦に導かれ、たちまち頂上に達する。

「ううう、で、出ます」

めくるめく愉悦に腰椎を砕かれ、牡のエキスをドクドクと解き放つ。

「あふぅーン」

膣奥にほとばしりを感じたのか、早百合が悩ましげな声をあげた。

「ね……またすぐに大きくなるわよね。ちゃんとパンストでサービスしてあげるから、わたしをもっと感じさせるのよ」

徐々に萎えゆく牡器官を名残惜しげに締めつけながら、淫蕩なナースが鼻にかかった声でおねだりする。充義は荒ぶる息づかいを持て余しつつ、「はい……」と掠れ声で返答した。

第四章　女教師の黒いパンスト

1

幸いにも脳などに異状は発見されず、充義は一週間ほどで退院となった。

退院の日にもくるみが来て、世話を焼いてくれた。もっとも、特に煩雑な手続きがあったわけでも、大荷物があったわけでもない。単に病院から家まで付き添ってくれただけである。

「あ、そう言えば、お家のひとは迎えに来ないんですか？」

タクシーの車中で、隣に坐ったくるみが訊ねる。充義は実家で両親と暮らしているのだ。

「ああ、うん。僕が入院した次の日から、もともと長期の旅行に出かける予定だったんだ。いちおう病院には来たみたいなんだけど、お医者さんから心配ないだろうって言われて、僕の意識が戻るのを待たずに行っちゃったんだよ」

あとでそのことを看護師から聞かされて、なんて親だと歯嚙みしたものだ。

「じゃあ、これから帰っても、お家には先輩だけなんですね？」

「そうだけど」

「──よし」

小さくガッツポーズをしたくるみに、充義は首をかしげた。

「それがどうかした？」

「え？　ああ、いえ。べつに何も」

うろたえたくるみが、焦り気味に話題を変える。

「さっき、ナースステーションに挨拶しに行ったら、矢島さんでしたっけ？　あの看護師さんが、気持ち悪いぐらいに愛想がよかったんですよね」

「え、そう？」

「はい。ほら、先輩とのアレを見つかって、ちょっと言い合いになったじゃないですか。たぶんまだ怒ってるだろうなって思ってたんですけど、やけにニコニコっていうかニヤニヤして、『お迎えご苦労さま』って言ったんです」

怪訝（けげん）そうに首をかしげる後輩に、充義は冷や汗が滲むのを覚えた。

あの晩、早百合とは深夜過ぎまで濃密なひとときを過ごした。彼女はそれですっかり院内淫行の良さに目覚めたらしい。

ただ、他の患者とも快楽を貪るというわけにはいかなかったようだ。と言うのも、あの病棟はそもそも若い患者が少なく、いても妙なことなどできない重篤な者がほとんどだったのだ。手ごろな相手がそう簡単に見つかるわけがない。となれば、当然のごとく充義が相手をさせられることになる。

仕事のできる有能なナースが、白いパンストによって清純なセクシーさも身にまとう。まさに無敵であり、患者たちの評判も目に見えてよくなったと、早百合自身が嬉しそうに話してくれた。

そんな白衣の天使が、夜は淫らな娼婦となって、病室に忍んでくるのである。

パンストヒップで顔面騎乗され、忙しく働いた後の濃厚な秘臭をたっぷりと嗅がされる。くるみがそうしたみたいに、パンストの爪先でペニスを弄ばれることもあった。

もちろんクンニリングスもさせられたが、そのときはいつも目隠しをさせられた。どうあっても秘部を見られたくないらしい。結局、充義は未だにナマの女性器を見ていない。

セックスは常に騎乗位。男に跨がることがお気に入りになったか、リズミカルに腰を振り立てて喜悦の声をあげた。

そうやって昨晩までの数日間、快楽の夜を過ごしていたのである。さすがにそのことをくるみには知られたくなかったし、早百合が妙なことを彼女に言ったのではないかと不安になる。

「あ、そうそう。矢島さん、白いパンストを穿いてましたね。先輩が教えてあげたんですか？」

「え？　う、うん、まあね。くるみちゃんからナース失格なんて言われて、どういう意味なのかって気にしてたから」

「ふうん。それでなのか。けっこう素直なひとなんですね」

「そうだね」

くるみは特に早百合とのことを怪しんではいない様子だ。充義はホッと胸を撫でおろした。

「でも、あたしだってちゃんと穿いてるんですよ。ほら」

くるみが白いミニスカートの裾をチラッとめくって見せる。彼女の脚を包むのは、サイドにダイヤ模様の入ったオシャレな黒いパンストだった。

「あたし、私服でもスカートを穿くようになったんです。ちょっとでも女の子らしく見えるように。パンストも可愛いのをたくさん買ったんですよ。あ、就職のほうも、まだ内定はもらえてないんですけど、面接の感触は前よりもずっとよくって、氷河期からいよいよ雪解けって感じですね」

にこやかに述べる後輩女子を、充義は心から可愛いと思った。そこがタクシーの車中でなかったら、我慢できずに抱きしめていたかもしれない。

（くるみちゃん、僕に言われたとおりにしてるんだな）

なんて素直な子なのだろう。ここまで慕ってくれるのであるし、もう付き合ってもいいのではないか。

けれど交際を申し込む勇気の出ないまま、自宅に到着する。

「あの……先輩のお部屋にお邪魔してもいいですか？」

タクシーを降りたところで、くるみが怖ず怖ずと申し出る。とりあえずお茶でもと思っていた充義は、胸を高鳴らせた。

「もちろんいいけど」

「よかった」

安堵の笑みをこぼした彼女に、胸がきゅんとなる。すでにあんなことまでしているにもかかわらず、部屋に入りたいと申し出るぐらいのことで、かなりの勇気を要したらしい。

「断わられたらどうしようって、ちょっとドキドキしてたんです」

「え、どうして？」

「だって……」

口ごもったくるみが、慌てたように訴える。

「あ、だけど、エッチはダメですよ。さわるのも、パンストの上からだけにしてください。その代わり、オチンチンはいっぱい気持ちよくしてあげますから」

玄関先であられもないことを言われ、充義はうろたえた。

「と、とりあえず、中に入って」

「はぁい」

くるみが無邪気な返事をする。何を考えているのかわからず、戸惑いを拭い去れない。

（セックスが駄目ってことは、僕とは単なる遊びの関係ってことなんだろうか）

他に処女を捧げようと考えている好きな男がいるのだろうか。嫉妬に苛まれたとき、背中に縋りついた彼女がこそっと囁く。

「エッチするのは、あたしの就職が決まるまで待ってくださいね」

2

（あれ、あのひとは――）

その日の午後、念のためということで病院で再検査を受けた充義は、会計窓口の前で待っている女性に見覚えがあることに気づいた。近寄って、

「あの、小西(こにし)先生じゃないですか？」

声をかけると、ふり仰いだ彼女の表情に驚きが広がる。

「え、ひょっとして桜場クン⁉」

「はい、桜場充義です。お久しぶりです」

ペコリと頭をさげると、立ちあがった彼女――小西麻理奈(まりな)は懐かしさを顔いっぱいに浮かべ、ギュッと手を握ってきた。

「本当に久しぶり。元気だった？」

「はい、おかげ様で」

「そっか、もう社会人なんだね。スーツなんか着ちゃって、ずいぶん立派になったじゃない」

嬉しそうに白い歯をこぼす恩師に、充義も自然と笑顔になった。

（変わってないな、麻理奈先生……）

彼女は高校二年生のときの担任だ。担当教科は国語で、けれど本ばかり読んでいたわけではない。からだを動かすことも大好きで、普段もジャージ姿のことが多かった。それこそ、体育教師と間違われるぐらいに。

休み時間や体育行事では生徒と一緒に汗を流す、若くてハツラツとした女教師は、生徒たちから慕われていた。

もちろん充義も麻理奈が好きだった。スポーツ大会で同じチームになったとき、手を取り合って勝利を喜んだときに嗅いだ彼女の汗の香りは、今でも鮮やかに思い出せる。

あれからもう六年経ったが、生徒に屈託なく声をかける明るい性格も、人懐っこい笑顔もそのままだ。

（あのときは先生になって二年目だったから、えっと……今年三十歳になるのかな？）

誕生日はまだ先のはずだが、アラサーとは思えないほど若々しい。化粧っ気のない顔で、長い髪をポニーテールにしているせいもあるかもしれない。

「桜場クンは、誰かのお見舞いに来たの？」

「いえ、診察です。実は、前に頭を打って、一週間ぐらい入院したんです」

「まあ、だいじょうぶだったの?」

「ただの検査入院でしたから。今日も念のためってことでレントゲンを撮ったんですけど、案の定何ともありませんでした」

「よかったじゃない。だけど、桜場クンは何かに集中すると周囲が見えなくなるタイプだから、注意しなくちゃ駄目よ。たぶん今回も、それで転んだか何かしたんでしょうけど」

教え子の性格も、ちゃんと憶えてくれていた。もっとも、パンストの匂いを嗅ぐのに夢中になり、こんな事態になったとは打ち明けられなかったが。

「はあ、気をつけます。ところで、先生はどうしてここに?」

訊ねると、明るかった麻理奈の表情にスッと影が差す。

「まあ、ちょっとね。べつに大したことはないんだけど……」

どうやら診察を受けたらしいが、歯切れの悪い答え方が気になる。

「だけど、学校を休んでまでってことは、相当悪いんじゃないですか?」

「ああ、そんなことないの。今日は定期テストで午後の授業がなかったし、ちょっと胃が痛かったから、健康診断のつもりで診てもらったのよ。お医者様も、軽い胃炎だからお薬を飲めばすぐに良くなるっておっしゃったわ」

ストレスが原因で、胃を悪くしたのだろうか。しかし、あの明るい麻理奈が胃痛になるほど思い悩むというのは、にわかには信じ難かった。

（麻理奈先生、たしか僕たちが卒業した翌年に異動したんだよな。新しい学校の生徒に問題児が多いんだろうか）

そんなことを考えたところで、麻理奈が話題を逸らすように提案する。

「ね、もし時間があるんなら、どこかでお茶しない？　みんながどうしてるかも知りたいし」

再び屈託のない笑顔を見せた彼女に戸惑いつつ、充義は「はい、是非」と答えた。

病院の会計を済ませ、ふたりは近くの喫茶店に入った。

麻理奈は担任した生徒たちの名前を、全員憶えていた。充義は訊かれるままに、クラスメートがどこに進学し、今はどうしているのかを、知っている限り答えた。

「へえ、あの子がねえ。すごいじゃない」

麻理奈は興味深げにうなずき、教え子たちの活躍を心から喜んでいる様子だった。さらに、充義が高校時代の思い出を話すと、懐かしそうに目を細めた。

「そうそう。あのときは楽しかったわねえ」

注文したコーヒーにもほとんど口をつけず、うんうんと何度もうなずく。

先生はただ過去を振り返って懐かしんでいるのではなく、今の現実から逃れたがっているのではないか。充義にはそんなふうに感じられた。もっともそれは、彼女が医者にかかるほどの胃痛に悩まされていると知ったあとだからかもしれない。

だから、ふと会話が途切れたとき、充義は思い切って訊ねてみた。

「先生、今お勤(つと)めの学校は、どうなんですか？」

「え——ど、どうって？」

ほんのわずかだが麻理奈がうろたえたように見え、疑念が確信へと変わる。

「先生が胃炎になるってことは、かなりストレスがあるんじゃないかと思うんですけど」

「そんなこと——」

否定しかけた麻理奈であったが、充義がじっと見つめると、観念したようにため息をついた。

「……ま、ストレスがないって言ったら嘘になるわね」

曖昧な表現ながらも、そうであると認める。

「生徒が言うことを聞かないんですか？」

「ううん。生徒はみんな素直でいい子よ。桜場クンたちと同じぐらいに。特に問題を起こす子もいないしね」

「じゃあ、同僚の先生たちが意地悪だとか？」

「そんなことないわよ。べつにセクハラもされないし。ま、それはそれで、女としてどうなのかって部分もあるんだけどね」

自嘲気味に肩をすくめた麻理奈に、だったらどうしてと訊ねる前に、

「……たぶん、わたし自身に問題があるんだと思うわ」

彼女がつぶやくように言う。

「え、先生自身に？」

「ねえ、桜場クン。わたし、変わった？」

唐突な質問に、充義は目をぱちくりさせた。

「――いえ、変わってないと思いますけど。さっき病院で会ったときも、昔と同

じだって懐かしくなったぐらいなんですから」

「そう……そうよね」

麻理奈がやり切れなさそうにかぶりを振り、肩を落とす。何かまずいことを言ったのかと、充義は不安になった。

「それは、わたしもそう思ってるの。教師になってからずっと変わっていないって。まあ、さすがにジャージは着なくなったけどね」

彼女が着ているのは、ごく普通のパンツスーツだった。昔と変わらぬ細身の体形に、それはよく似合っている。

「ただ、それじゃいけないっていうこともわかってるの。もうすぐ三十歳だし、二十代のころと同じやり方が通用するはずないって。実際、生徒の気持ちがうまく摑めないって感じることもあるし」

「それは、今の生徒が昔と違うせいもあるんじゃないんですか?」

「だったら尚更、わたしも変わるべきなのよ。自分の年齢に相応しい、今の生徒たちときちんと向き合える教師にならなくちゃいけないわ。ただ、それにはどうすればいいのかわからないし、変わりたくないっていう気持ちもあるの。そのせいで教師としての自信が揺らいでいるところはあるわね」

麻理奈の告白に、充義は神妙な面持ちで耳を傾けた。

あるいは三十路を前に、ひとりの女として思い悩んでいる部分もあるのかもしれない。まだ独身のようだし、仕事だけではなく結婚のこととか将来とか、無視できないテーマがいくつもあるのだろう。いくら結婚年齢が昔よりあがっても、デリケートな年頃であることに変わりはないのだから。

ともあれ、かつては若さにまかせて乗り切っていたことが、そうもいかなくなったのは間違いないようである。それを認めたくないから、年をとったと思いたくないから、ますます悩みが深くなるのではないか。

(生徒の気持ちをわかってくれるいい先生なんだから、もっと自信を持てばいいと思うんだけど)

変わることを恐れていては、何もできない。かつて麻理奈自身が、生徒たちにそう論したのではなかったか。

「ごめんね、ヘンなこと話しちゃって。だけど、桜場クンに聞いてもらえたら、何だかすっきりしたわ。ありがとう」

再び笑顔を見せた恩師に、充義は笑い返すことができなかった。どうにかしてあげたいと思ったとき、脳裏にくるみと早百合が浮かぶ。

（そうか、先生もあのふたりみたいに——）

女らしくなれた後輩と、女の歓びに目覚めたナース。彼女たちのように、麻理奈もパンストで変わることができるのではないか。

「先生は、学校でスカートを穿かれますか？」

さっそく質問すると、きょとんとした女教師がまばたきをした。

「……えっと、滅多に穿かないかしら。だいたいこういう格好が多いけど」

自身のパンツスーツを見おろして答える。

「じゃあ、パンストは？」

さすがに訝る表情を見せたものの、麻理奈はどうしてそんなことを訊くのかと問い返すことはなかった。教え子を信頼しているのだろう。

「冠婚葬祭とかで、礼服やドレスを着たときには穿いたけど、そのぐらいかしらね。学校ではまず穿かないわ」

正直な受け答えにうなずき、充義は自信たっぷりに告げた。

「僕、先生がうまく変わることのできる方法を知っています。こうすれば絶対にだいじょうぶだっていう」

「え、どうすればいいの？」

藁(わら)にも縋りたい心境になっていたのか、麻理奈はすぐに食いついた。

「それには、実際にやってみるのが一番いいと思います。ええと、次の土曜日って、先生は何か用事がありますか？」

「土曜日……部活動の顧問をしてるから、午前中は学校だけど」

「じゃあ、午後は？」

「何もないわ」

「だったら、土曜日の午後に学校でいかがですか？」

「え、学校で⁉」

「ええ。そのほうが都合がいいですから。それから、そのときに用意していただきたいものがあるんですけど」

「用意って？」

「ええと、まずは──」

充義は鞄(かばん)からメモ用紙とペンを取り出すと、必要な品物を書き並べながら告げた。麻理奈があっ気にとられ、目を丸くするのもかまわずに。

3

次の土曜日の午後、充義は麻理奈が勤める高校を訪れた。部活動はすべて午前で終わりとのことで、生徒の姿は見えない。正面玄関から入ったときも、校内はしんと静まり返っていた。

職員室にも麻理奈しかいなかった。部活顧問の教師たちも全員帰宅したとのことで、つまり広い校内にふたりっきり。

(麻理奈先生も誰かに見られたくないだろうし、そのほうが都合がいいな)

アラサー女教師が生まれ変わるために、天も味方しているのかもしれない。

「僕がお願いしたもの、用意していただけましたか?」

「ええ、いちおう……」

そんなことで本当に変われるのかと疑っているらしく、麻理奈は戸惑いを浮かべていた。

「じゃあ、さっそく着替えてください。あと、髪型とメイクも僕が言ったとおりにして。あ、先生の担任クラスってどこですか?」

「二年三組だけど」

「じゃあ、僕はそこで待ってますから、準備ができたら来てください」

「……わかったわ」

渋々というふうにうなずいた麻理奈と別れ、充義は二年三組の教室に向かった。誰もいない廊下を歩きながら、次第に心が浮き立ってくる。

（もうすぐ生まれ変わった先生が見られるんだ！）

明るくハツラツとした彼女も素敵だが、きっとそれ以上に魅力的な教師になるに違いない。

机が整然と並んだ教室は、後ろにある生徒用の棚も、中がすべてきちんと片づいていた。ゴミも落ちていないし、黒板の落書きもない。指導がしっかり行き届いているとわかる。

（気持ちを落ち着かせるには身の回りの整頓が大切だって、先生は僕たちにも言ってたもんな）

要はかたちから入れということ。これからしようとしていることも、つまりはそういうことであるから、麻理奈もきっと納得するに違いない。

（さて、僕も準備しなくっちゃ）

充義は持ってきた紙袋からそれを取り出し、急いで着替えた。さすがにその格好で表を歩くことはできなかったからだ。

そうして一番前の席に着き、今か今かと待ちわびていると、しばらくして廊下を歩くカツカツという足音が聞こえてくる。内履きのシューズも指示されたとおりに、ヒールのあるタイプに替えたのだ。

カラララッと軽やかな音をたてて、前の出入り口が開く。怖ず怖ずと入ってきた女教師に、充義は感嘆の眼差しを向けた。

(素晴らしい……想像以上だ!)

思わずパチパチと拍手してしまう。

ポニーテールを解いて黒髪を肩に垂らし、メイクも強めにした彼女は、赤く艶めくルージュがセクシーだ。

身にまとうのは濃いグレイのスーツ。内側は白いブラウスで、ボトムは太腿が三分の二もあらわになったタイトミニである。これでナマ脚だと煽情的なだけであるが、意外とむっちりした太腿は黒いナイロンで覆われていた。

そう。麻理奈はパンストを穿いているのだ。

足元は黒のパンプスで、見えてはいないが下着も黒のはず。充義はそう注文した。そのほうが大人の色気が出るからと。

もちろん生徒に見せるためではなく、心情的な部分を重要視したのである。着ける下着によって、女性は気持ちも変化すると聞いたことがあるから。ブラウスに薄ら透けるブラジャーが黒だから、上下お揃いのものを着用しているのだろう。

恥じらいの足取りで教壇に向かう麻理奈は、いかにもという女教師スタイル。もっともそれは、アダルトビデオなどで定番の姿だったかもしれない。現実には、ここまできちっとした格好の女教師などそういないだろう。

しかし、やけに説得力があったのも事実だ。

照れくさいのか、充義のほうをほとんど見なかった彼女は、教壇に立って向かい合ったところで、驚きに目を丸くした。

「さ、桜場クン、なんてカッコしてるのよ⁉」

彼は高校時代に着ていた詰襟の学生服を持参し、着用していたのである。あれから体型がいくらか変わったせいか、袖口からワイシャツがかなりはみ出していたのはご愛敬だが。

「これなら、誰かに見つかっても怪しまれないでしょう？　それに、せっかくだから、また先生にいろいろと教わりたくなったんです」

大真面目に告げると、あきれ顔だった麻理奈がクスッと笑みをこぼす。教え子もコスプレをしているおかげで、気が楽になれた様子だった。

「ま、いいけど。でも、こんなことで本当に変われるのかしら?」

首をかしげた彼女に、充義は「もちろんです」と答えた。

「先生も昔、僕たちに教えてくれたじゃないですか。まずかたちから入ることが大切だって」

「つまり、これが教師らしい格好だっていうこと?」

「正確に言えば、先生ぐらいの年に相応しい格好だということです。大人っぽくて、威厳があって、生徒も素直に言うことを聞きたくなるはずです」

「これがねえ……」

自身を眺めおろし、麻理奈が首をかしげた。

「先生、すごく似合ってますよ。僕、もう一度高校生になって、先生に担任されたいぐらいです」

「そう? だったらうれしいけど」

褒(ほ)められて、満更(まんざら)でもない心持ちになっているかに見える。

「だけど、このスカート短すぎないかしら? 桜場クンに言われたとおり、なるべく短めなのを選んだんだけど」

「そんなことないです。パンストを穿いてるから、そこらの若い女の子たちみたいに下品じゃなくて、落ち着いた雰囲気があります」

「んー、でも、教頭に叱られないかしら？」

「逆に喜ぶんじゃないでしょうか。こういう大人の女性にしか出せない色っぽさも、先生には必要だと思います」

「色っぽいって、わたしが？」

「はい。ジャージやパンツスーツでは絶対に出せない色気があります」

　そういう部分を、これまで仕事でもプライベートでもまったく出してこなかったのではないか。面映そうに頬を赤らめつつも、麻理奈は自らの変化を自覚しだしているようだ。

「たしかに、けっこう大人っぽくなれた気はするわね」

　つぶやいて、スカートをもう数センチたくし上げることまでする。教卓は彼女の恥骨ぐらいの高さしかなかったが、反対側にいる充義には、かなりのところまで覗けたはずの脚がまったく見えなかった。

「先生、ちょっと教卓の前に出てくれませんか？」

ついお願いしてしまうと、

「え？　ああ、いいけど」

麻理奈がスカートを直し、教卓の前に立つ。そうして片手を腰に当ててポーズを決めた。かなりノッてきたらしい。

「どうかしら？」

「はい、すごくかっこいいです」

憧れの眼差しで女教師の全身を眺め回し、けれど視線は最終的に、黒パンストに包まれた脚へと注がれる。何しろ、ほんの一メートルも離れていないところに、魅惑的なそれがあるのだから。

（ああ、なんて素敵なんだろう……）

むちむちして肉感的な太腿、かたちよく丸い膝小僧（ひざこぞう）、そして、すっとなめらかなカーブを描く脹ら脛（ふくらはぎ）。何もかもが素晴らしい。素脚も充分に魅力的なのであろうが、パンストがそれを何倍にも高めていると確信する。

「ねえ桜場クン、わたしの脚ばかり見てない？」

麻理奈の声にハッとする。顔をあげると、彼女が疑り深げにこちらを睨んでいた。ルージュの唇もわずかに歪んでいる。

「いや、そういうわけじゃ――」

否定しようとして、充義はすぐに諦めた。先生に嘘をついても仕方がない。ここは正直に打ち明けるべきだと悟ったのだ。

(先生だって、このあいだは自分のことを正直に話したんだ。僕も同じようにしなくっちゃ)

それが師弟の信頼関係には大切なのだと、要らぬプライドを捨て去る。

「いえ、たしかにそのとおりです。僕は、先生の脚ばかり見てました。パンストを穿いた脚が、ものすごく魅力的だったから」

不思議と羞恥を感じずに告白できたのは、麻理奈が自分を蔑んだり、馬鹿にしたりするはずがないと信じられたからだ。実際、彼女は「そう」とうなずき、慈愛の眼差しを向けてきた。

「ねえ、ひょっとしたら桜場クンって、脚そのものじゃなくてパンストが好きなんじゃないの?」

この指摘にも動揺させられたものの、もはや誤魔化せない。

「はい、そうです……あ、だけど、パンスト自体が好きってわけじゃありません。パンストを穿いた女性が好きなんです」

「ああ、パンストの女性に憧れる男のひとって、けっこういるって聞くものね」

アラサーだけあって、男性心理をあれこれ学んでいるのだろう。特に嫌悪の感情はないようだ。

「つまり、自分がパンストを穿いた女性が好きだから、わたしにこんな格好をさせたっていうことなの？」

「いえ、違います。まあ、そういう下心がまったくないとは言いませんけど、就職が決まらない大学の後輩にパンストを穿くように勧めたら、実際に面接がうまくいったと聞いたものですから。子供っぽい子だったんですけど、とても女らしくなれたんです。だから、先生ももしかしたらと思って」

「ふうん」

なるほどという顔でうなずいた麻理奈が、「それで下着の色まで指定したのね」とつぶやく。と、何かに気がついたらしく首をかしげた。

「たしかにかたちっていうか、身なりとしてこれは有りだし、わたしも年齢やキャリア相応に見てもらえると思うわ。だけど、それってあくまでも見た目だけでしょ？　これでどういうふうに振る舞えばいいのか、肝腎なことがわたしにはわからないわ。それはどうすればいいの？」

「だから、それをこれから練習するんです」

「練習？」

「そのために、僕はこんな格好をしてるんですから」

笑顔で胸を張ると、女教師は戸惑ったふうに眉をひそめた。

4

「そうですね……僕は何か悪さをした生徒で、先生はその生徒を教室に残して指導するっていう設定はどうでしょう」

「どうでしょうって……」

「とにかく、やってみればいいんです。では、スタート」

充義は席に着いたまま、いかにも叱られているふうに項垂れた。麻理奈が困った顔で見つめてくるのもかまわず。

そんなシチュエーションを設けたのは、凜とした女教師スタイルの彼女に厳しくされたいと思ったからだ。女王様を前にしたM男みたいに。

もちろんそういう性癖があるわけではない。にもかかわらず、有無を言わさず従いたくなる雰囲気があった。定番のコスチュームの効果だろうか。

いや、それはただのコスプレではない。何しろ、まとっているのは本物の女教師なのだから。しかも、自分の担任だった先生――。

かつての恩師とは異なる、成熟した色気を彼女は漂わせている。病院で再会したときには、そんなものは少しも感じなかったのに。

「指導ねえ……」

考え込むようにつぶやき、麻理奈が机の前を行ったり来たりする。リノリウムの床に、ヒールの足音がカツカツと響いた。

かつての彼女は生徒に寄り添い、親身になって悩みを聞き、本人にも考えさせながら教え諭すというスタイルだった。しかしそれは、若かったから可能だったのだ。

生徒と世代が離れるにつれ、そういう態度はウザがられるようになるだろう。何しろ高校生は、親をはじめとする大人たちに対して反抗的なものだから。機嫌をとって懐柔しようとしているとか、うまく取り入っているだけだと捉えられるに違いない。麻理奈自身も、それを感じているのではないか。

むしろ、いかにも大人に相応しい態度で厳しく接したほうが、かえって信頼されるはずである。充義自身も高校生のときには、授業や生活指導で厳しく言ってくれる教師に対して、いざというときには頼りたくなったものだ。

（ここは、麻理奈先生が今後も教師としてやっていけるかどうかっていう、試練のときなんだ）

などと偉そうなことを考えつつ、充義の視線は目の前を行き来する女教師の太腿に注がれていた。黒パンストに透ける柔肌が、動きに合わせて微妙に表情を変えるところにうっとりと見とれる。

タイトミニに包まれたヒップもたまらない。決して大きくはないが、かたち良い双丘（そうきゅう）がぷりぷりと躍動するのだ。からだを動かすことが好きなだけあって、そこの筋肉もしっかり鍛えられているのではないか。

項垂れた姿勢こそ、反省する生徒のそれであったが、内面は反省どころか新たな罪を犯しているに等しかったろう。しかも、充義はそれをまったく自覚していなかった。

と、麻理奈がぴたりと動きを止める。充義の正面に立ち、こちらを向いた。けっこう長く歩き回ったせいだろう、タイトミニが今にもパンティが見えそうなところまでずり上がっていた。

（え――!?）

思わずドキッとしたところで、凛とした声が問い詰めてきた。

「桜場充義クン。あなた、本当に反省してるの？」

これまで耳にしたことのない麻理奈の厳しい口調に、驚いて顔をあげる。

「ねえ、聞いてるの⁉」

畳みかける彼女は、表情も見えない手で突っ張らしたかのように、険しくなっていた。これもまた、目にしたことのない顔だ。濃い目のメイクが、迫力をさらに高めている。

「は、はい。すみません……」

気圧されて目を伏せると、「顔を上げなさい」と命令される。

「反省しているのなら、どうしてあんなことをしたのか説明しなさい」

説明するも何も、『あんなこと』がどんなことを指しているのか知らされていないから、返答に詰まる。とりあえず叱ればいいのだろうと、適当に始めてしまったのだろうか。

（——いや、そうじゃない）

こちらを睨みつける麻理奈の瞳に、さっきはなかったキラメキを認め、充義は確信した。彼女は、この状況を愉しんでいるのだと。腕組みをして生徒を見おろすポーズも決まっている。あたかもずっとこの身なりで教師を続けてきたかのように、堂に入ったものだった。

かつて充義も言われた、まずかたちから入ることが大切だという指導は、麻理奈自身の経験に基づいていたのかもしれない。そうすることで自らを高められたから、生徒にもそれを勧めたと。

だからこそ、いかにもという女教師の格好をしたことで、すぐに成り切れたのではないか。いや、それ以上にノリノリというふうだ。

「黙ってちゃわからないわ。あなた、いつもあんなことをしているの？」

彼女から『あなた』なんて呼ばれるのも初めてで、妙にドキドキする。ともあれ、すっかりその気なのに出端（でばな）を挫（くじ）いてはならない。ここはうまく話を合わせなければと、充義は頭をフル回転させた。

「そんなことありません。出来心なんです」

刑事に尋問されるちんけなコソ泥みたいな受け答えをすると、麻理奈がフフンと鼻で笑う。

「出来心ねえ。ああいうのは、ほとんどが常習なんだけど」

カンニングのことだろうかと思いつつ、充義は「違います」と否定した。けれど、ぴしゃりと叱りつけられる。

「嘘おっしゃいっ！　何回目なの、女子更衣室を覗いたのは⁉」

これには、仰天せずにいられなかった。

「ぼ、僕はそんなこと――」

「最近、女子更衣室からよく下着がなくなるみたいなんだけど、それもあなたなんじゃないの？」

問いかけながらも、口調は明らかに断定だ。

まさかそんな設定でくるとは予想していなかったから、充義は返答に窮した。

しかし、麻理奈はどんどん話を進めてしまう。

「あなた、このあいだも学校にいやらしい本を持ってきてたわよね。高校生だし、女の子に興味が出てくるのは仕方ないけど、覗きは絶対にしちゃいけないわ。もちろん下着泥棒も。それって犯罪なんですからね。ところで、盗んだ下着はどうしたの？　匂いでも嗅いだのかしら。それとも穿いてるの？」

すっかりエロ高校生にされてしまった。

今はともかく、高校時代の充義は真面目そのものだったから、覗きはもちろん、アダルト雑誌の類いを学校に持っていったこともない。それがどうしてこんなキャラクターを与えられてしまったのか、さっぱりわからない。

（自分がこんな格好をさせられた仕返しなんだろうか……？）

しかし、それだけではなかったのだ。

「あなた、さっきもわたしの脚をじっと見てたわよね。それから、おしりのあたりも。そういうところが駄目だって言うのよ！　このままだと、性犯罪者になっちゃうわよ」

厳しい眼差しを向けられ、ようやく納得する。項垂れた充義が舐めるように下半身を凝視していたことに、彼女は気がついていたのだ。だから充義を、覗きや下着ドロをするようなハレンチ高校生に仕立てあげたのである。

けれど、不思議と反発する気にならない。それどころか、本当に自分がそんなことをしでかした気持ちにさせられた。麻理奈の厳格な女教師っぷりが、それだけリアルだったからかもしれない。

だからつい、素直に謝ってしまったのだ。

「ごめんなさい……」

そうしたら、自然と涙が溢れてきた。熱いものが今にも目から溢れそうになったことに、彼女も気がついたのか。

「泣いても駄目よッ!!」

それまでになく強く叱責される。

「泣いて許されるのは幼稚園までだからね。ちゃんと自分の犯した罪を認めて、深く反省しなさい！」

容赦のないお説教に、本当に泣きそうになる。

「はい……僕は女子更衣室を覗いて、下着も盗みました。とても恥ずかしいことをしたと思います。ごめんなさい。もうしません」

涙声で謝罪すると、麻理奈が《しょうがないわね》というふうに唇を歪める。

厳しい顔つきはそのままでも、目の奥に愉悦が広がっていると感じられた。

「まったく、ヘンタイなんだから」

ついぞ口にしたことがないであろう侮蔑の言葉を、教え子に投げかける始末。

完全にキャラが変わってしまったことに、充義は驚きを隠せなかった。

なのに、そんな彼女に不思議と惹かれるのはなぜだろう。

(案外これが、麻理奈先生の本当の姿なんじゃないだろうか)

そんなことを考えたとき、女教師がくるりと踵を返す。ぷりっとかたち良いヒップを見せつけたのは、けれどほんの刹那だった。

「よいしょっと」

麻理奈が教卓にひょいと跳び乗る。尻を据えると、パンストの脚を見せつけるように高々と組んだ。

（ああ……）

腹を空かした犬の前に、山盛りの餌を置いたも同然だった。叱られている最中なのに、魅惑的なパンスト美脚に熱い視線を注がずにいられない。彼女の罠であると知りつつも。

「ほら、また見てる」

案の定、厭味が投げかけられる。それでも目を離すことができなかった。

黒いナイロンがラインのなめらかさを惹き立てる。組んだことで太腿のむっちり感が際立ち、そんなセクシーなものが眼前にあるのだ。どうして無視などできようか。

何より、もう少しというところまであらわにされた、太腿の付け根が気にかかる。淫靡なデルタゾーンが手招きするようで、自然と前のめりになった。

そのとき、脚がほどかれる。逆に組むのかと思ったら、膝が大きく離された。

（え――!?）

タイトミニの奥が晒される。黒いパンストに、下着も黒。その部分は全体が陰のようになっていて、どんなかたちのパンティなのかもよくわからない。中心のシームが一部確認できるだけだった。

けれど、胸が揺さぶられるほどにエロチックな光景だ。

「いやらしい子ね、そんなにじっと見るなんて。やっぱり自分が見たかったから、わたしにパンストを穿かせたんじゃないの？　下着の色まで指定して」

虚構と現実をごっちゃにして、麻理奈が責めたてる。わずかに声が震えているようなのは、スカートの中を見せつけて、多少なりとも羞恥を覚えているからなのだろうか。

「立ちなさい、桜場クン！」

教室内の空気が瞬時にピリッと張りつめるような、怒りをあらわにした声。充義は反射的に椅子を後ろに飛ばし、起立していた。

「ズボンを脱ぎなさい」

間を置かずに命じられたことには、しかしすぐに従えなかった。彼女の意図がまったく掴めなかったからだ。

「聞こえなかったの？　ズボンを脱いで下着を見せなさい。あなたが盗んだものを穿いてないか、チェックしてあげるから」

そういうことかと納得したものの、やはり言いなりにはなれない。下着を見られるだけならどうということはないが、別の問題が生じていたからだ。

しかし、そこまで察していない麻理奈が、許してくれるはずもなかった。

「ほら、早くしなさい！」

さらに厳しい口調で命じられる。

（ええい、しょうがない）

覚悟を決め、ベルトを弛める。学生ズボンを足首まで脱ぎ落とすと、すかさず次の命令が飛んだ。

「学生服の前を開きなさい」

もはやためらうこともなく、言われるままに動く。金色のボタンをすべてはずし、前を全開にすると、命じられる前にワイシャツの裾もめくった。

童貞高校生が穿くような、白いブリーフがあらわになる。学生服を着るのだからと、それに合わせて選んだのだが、まさかこんなふうに先生から見られることになるとは予想していなかった。

いや、見られるぐらいならどうということはない。そこが普通の状態であったならの話だが。

「どうやら盗んだものは穿いてないみたいね。だけど、どうしてそこがそんなになってるの⁉」

麻理奈が顎をしゃくる。パンストの美脚やスカートの中を見せつけられ、充義の中心は大きく隆起していたのだ。

「女物のパンティを穿いてなくても、わたしに見られてオチンチンを大きくするなんて、結局はヘンタイじゃない。ほら、早く小さくしなさい」

見られてではなく、見せつけられたせいで勃起したのである。しかし、そんな反論をする余裕はなかった。

それに、小さくしようにも彼女は脚を開いたままであった。牡の視線を惹いて止まない部分を晒しておいて、その命令は酷である。

「どうしたの？　早く小さくしないと、ブリーフも脱いでもらうわよ」

かつて担任された恩師の前で、欲望をあらわに膨張した分身を露出するなんて、あまりに恥ずかしすぎる。しかし、その場面を想像するだけで、牡の強ばりは期待をあらわに脈打った。まるで、そうしたいとおねだりするように。

「まったく、いやらしい子ね。ほら、もっと前に出なさい」

侮蔑の眼差しに心が折れそうになりつつ、充義は机を横にずらすと、教壇のすぐ手前まで進んだ。両足首に絡まったままのズボンを踏みつけ、危うく転びそうになる。

「フン。みっともないったらありゃしない」

容赦なくなじられ、胸がキリキリと痛む。これが本当に、あの優しい麻理奈先生なのだろうか。悪い夢でも見ている気分になる。

と、彼女がおもむろに右足のパンプスを脱ぎ落とした。続いて、パンストの爪先が牡の高まりへとのびる。

「あああ」

むず痒い快さに声をあげ、充義は思わず腰を引いた。膝がカクカクと笑う。

「こんなに硬くなってるじゃない。あなた、自分がどういう立場なのかわかってるの⁉　いけないことをして叱られてるのよ。なのに、どうしてオチンチンをギンギンにしてるのよ」

生徒に慕われる女教師が発したとは信じられない、はしたない言葉。そうやって傲慢に振る舞うほどに、麻理奈の表情が生き生きしてくるようなのだ。ストレスが発散できて喜びを感じているのか。それとも、

（やっぱり、もともとこういうひとだったんじゃ――）

その疑念も払拭できない。偽りの自分を捨て、本来の姿を曝け出したことで、カタルシスを覚えているのかもしれない。

「ほら、こうされると気持ちいいんでしょ？」

黒いナイロンに包まれた足指が、陰茎山脈の稜線をなぞる。爪先部分は網目が濃くなって補強されているが、透ける爪に赤いペディキュアが塗られているのがわかった。そのコントラストが、やけにいやらしい。

「ああ、先生……やめてください」

「嘘ばっかり。本当はもっとしてほしいんでしょ？　ほら、オチンチンがさっきより大きくなってるわよ」

「あ――ううう、ごめんなさい。もう悪いことはしませんから」

「今さら謝っても遅いわ」

くるみに同じことをされたときより、背徳的な悦びが大きい気がする。やはり教室で、女教師から恥ずかしい責め苦を受けているシチュエーションだからなのか。おかげで、先走りもとめどなく溢れる。

「あら、ここにシミができてるわよ。もういやらしいお汁が出ちゃったの？」

麻理奈がそれを見逃すはずがなく、尖端部分を爪先で執拗に刺激する。敏感な継ぎ目部分も指で挟まれ、立っていることが困難なぐらいに感じてしまった。

「だ、駄目です、先生――」

「何が駄目なのよ？」

左のパンプスも床に落ち、両足が股間を弄ぶ。前開きが分けられて、亀頭がぴょっこりと顔を出した。

「ほら、出た出た」

はしゃぐような声に続き、敏感な粘膜が直にナイロンのザラつきを浴びる。間もなく筋張った肉根が完全に露出した。

「こんなに腫らしちゃって。高校生のくせに、ここだけはオトナね。だからいやらしいことばかり考えちゃうんだわ」

あらわになった牡の漲りを、女教師が目を細めて見つめる。視線を感じていっそう伸びあがったものを、パンストの爪先が左右から挟み込んだ。

「くうう」

いっそう際立った快感に、下半身が甘く痺れる。肉胴をすりすりとこすられ、腰が砕けそうだった。

（先生が僕のペニスを――）

直に触れているわけではないにせよ、あいだにあるのは肌を透かすほど薄い布なのだ。それとも、足だから抵抗を感じないのか。

いや、そんなことよりも、彼女が勃起したペニスを目にして顔色ひとつ変えないことがショックだった。

もちろん、もうすぐ三十歳なのだから、相応の性体験はあるのだろう。けれど、生徒と一緒に笑いあっていた先生が、ここまですれてしまったことが信じられない。いや、信じたくない。

それでも、淫靡な摩擦を施される分身は、否応にも高まってくる。

（ああ、もう……）

愉悦のトロミが尿道をせり上がる。息が荒ぶり、何も考えられなくなる。

「オチンチン、すごく脈打ってるわよ。もう出ちゃいそうなの？」

嬉々として足コキに励む女教師は、脚を菱形にした大胆な大股開きだ。スカートが完全にずり上がり、パンストに透ける細いクロッチが陰部に喰い込むのが見えた。

（先生がこんないやらしい格好で――）

視覚刺激も悦びを高め、肉根が蕩ける快美にまみれる。いよいよ限界だ。

「せ、先生、もう――」

膝をわななかせて訴えると、屹立が両足の指でギュッと挟み込まれた。

「いいわよ、イキなさい」

強く長いストロークでしごかれ、充義は抗うこともできず爆発した。

「あ、ああ、いく……出ます」

硬くふくらみきった筒先から、濃厚な牡液が糸を引いてほとばしる。

びゅっ――びゅくッ、びゅくんっ！

飛び散ったものはパンスト美脚に降りかかり、白濁の淫らな模様を描いた。さらにドクドクと溢れたぶんも、爪先をべっとりと汚す。

「こんなにたくさん……」

つぶやいた麻理奈が、萎えゆく牡器官から足をはずす。漂う青くさい匂いに、悩ましげに眉をひそめた。

5

「ごめんね。ちょっと調子に乗りすぎたみたい」

パンストの精液を拭い終わってから、麻理奈がすまなそうに謝る。さっきまでの傲慢な女王様、いや、女教師っぷりが嘘のようだ。やはりあれは本来の彼女ではなく、偽りを演じただけだったのか。

「いえ……もともと僕が言い出したことなんですから」

ズボンを引きあげ、充義は俯きがちに答えた。足で刺激されただけで、みっともなく精液を撒き散らしたところを見られたのだ。居たたまれなさに、その場からすぐにでも逃げ出したい気分だった。

もっとも、羞恥に苛まれていたのは麻理奈も同じだったろう。スカートの中を晒すはしたない格好で、教え子のペニスを弄んだのだから。

しかも、自身が教鞭をとる教室で。

「さっきはたしかにやり過ぎちゃったけど、でも、どういうふうに変わればいいのか、何となくわかった気がするわ。こういう服装で、かたちから入るのも大切なんだって。もちろん、あんなことはもうしないけど、桜場クンに乗せられて思い切ってやったおかげで、次からはうまくできそうよ。ありがとう」

にこやかに礼を述べられても、充義の気持ちは複雑だった。もうしないと言いながら、彼女が今の教え子にも同じことをするのではないかという思いを拭い去れなかったのだ。

（だって、先生はこんなに素敵なんだし……）

ミニスカートにパンストという新たな魅力を得て、年上の女性に憧れる男子生徒を誘惑し、教室で淫らな個人レッスンをするかもしれない。こんなことになるのなら、大人っぽく変身すればいいなどと、妙な提案をしなければよかった。

先生には昔のままでいてもらいたいという思いが、今さらながらこみ上げる。自分のせいで彼女が穢れてしまったようで、やり切れなさが募った。

そうやって心が荒んでいたものだから、あんなお願いを口にしてしまったのだろうか。

「あー、でも、こんなことを言ったら桜場クンは気を悪くするかもしれないけど、いいストレス発散にもなったわ。やっぱり、あれこれ溜まってたみたいね。すごくスッキリしたし、胃の痛みもなくなったもの」

「そうですか……」

「ね、桜場クンに酷いことをしちゃったお詫びも含めて、わたしにお礼をさせてちょうだい。もちろん、できる範囲でだけど。たぶんお給料は、わたしのほうがちょっとはいいはずだから、奮発して焼肉ぐらいならご馳走してあげるわよ」

すっかり明るさを取り戻した麻理奈とは裏腹に、充義の内面にはどす黒い感情が渦巻いていた。

「……だったら、ひとつお願いがあるんですけど」

「いいわよ、なに？」

「僕、このあいだようやく初体験をしたんです」

その意味を、彼女は瞬時に理解したようだった。そして、さっきはあれだけ大胆に振る舞ったのに、本来の自分に戻ったことで、急にセックスの話題が恥ずかしくなったらしい。

「あ、そ、そうなんだ……」

と、あからさまに動揺する。

「だけど、僕はまだ、女性のアソコを見たことがないんです。セックスした相手が、そこだけは見られたくなかったみたいで」

「……それで？」

「僕に、先生のアソコを見せてください」

ストレートなお願いに、麻理奈の顔が瞬時に強ばる。

「だ、駄目よ！」

焦りをあらわに拒絶した。

「どうしてですか？　先生はたった今、お礼をするって言ったんですよ」

「だけど、そういうつもりじゃ……」

「僕はさっき、先生にペニスを見られて、足で悪戯されて射精までしました。なのに、先生だけ何も見せてくれないなんて、ずるいと思います」

「桜場クン、あ、あのね──」

「それとも、先生のくせに約束を破るんですか？」

アソコを見せるなんて約束はしていないのだが、畳みかけられたことで彼女は混乱したようである。『先生のくせに』という脅しも効いたようで、今にも泣きだしそうに涙目になった。

もうひと押しだと、充義は深々と頭をさげた。

「お願いします。僕に先生のオマンコを見せてください！」

ストレートな単語を告げられたことで、いよいよ断われなくなったらしい。

「う……わかったわ」

麻理奈が渋々というふうに了承する。ところが、その返事を耳にするなり、今度は充義のほうが狼狽（ろうばい）した。

（先生、ホントにアソコを見せてくれるのか⁉）

　自分が頼んでおきながら、いいのだろうかと思ってしまう。苛立ちにまかせて無茶なお願いをしたことを、今になって後悔した。

　しかし、もう後には引けない。

「ね、アソコを見せるってことは、下を全部脱がなくっちゃいけないの？」

　泣きそうな顔で訊ねられ、充義は「もちろんです」と鷹揚に答えた。心の中では、恩師に何度も謝りながら。

「もう……エッチなんだから」

　麻理奈がクスンと鼻をすすり、タイトミニのホックをはずす。それがふさっと床に落ちたことで、黒いパンストを穿いた下半身があらわになった。

（ああ、なんてセクシーなんだ）

　上半身はきちんとスーツを着ているから、いっそうエロチックに映る。パンティの面積がかなり小さいこともわかった。やっぱりアソコを見せてとお願いしてよかったと、気持ちが反対方向に揺れる。

「うう、恥ずかしいのにぃ」

　続いてパンストのゴムに両手をかけた麻理奈は、充義の視線がじっと注がれているのに気づき、慌てて回れ右をした。

（え――!?）

心臓がバクンと高鳴る。薄いナイロンが包むヒップは、柔らかそうなお肉がそのまま透けていたのだ。

（Tバックだ！）

後ろの細身がおしりの割れ目に隠れて見えない、かなり大胆なもののようだ。

充義はパンティの色こそ指定したが、デザインには注文をつけていない。黒なら気持ちも大人っぽくなれるはずと告げたから、だったらかたちもセクシーなものがいいと、彼女がチョイスしたのだろう。

ともあれ、パンストに包まれたナマ尻の、なんと魅力的なことか。それほど大きくないヒップがむっちり感を増し、とても柔らかそうに見える。透ける肌色が光沢のように見えるから、そんなふうに感じるのだろうか。

容易には決心がつかないようで、麻理奈はなかなかパンストを脱がなかった。落ち着かなく腰をモジつかせ、丸みをぷりぷりと揺する。おかげで充義は、眼福の光景をたっぷりと愉しむことができた。

「――や、やっぱり無理！」

突然大きな声をあげた麻理奈が、くるりと身を翻す。見せてくれないのかとがっかりしかけた充義であったが、またも彼女がひょいと教卓に坐ったものだからあっ気にとられる。

「ああ、アソコを見せればいいんでしょ⁉」

口早に言い、麻理奈はハレンチな開脚ポーズをとると、パンストの中心部分に爪を立てて引き裂いた。

ピリリ――。

小さな音がしてナイロン地に穴が空き、黒いパンティのクロッチがあらわになる。そこに指をかけると、女教師は目を閉じて唇を嚙み締めた。ひと呼吸おいてから、思い切って横にずらす。

「ああ――」

それが自身の感嘆の声なのか、それとも彼女の羞恥の嘆きなのか、充義は咄嗟にはわからなかった。おそらく両方が同時に出たのだと理解したときには、教壇に膝をついて晒された秘芯を見つめていた。

(これが女のひとの――)

逆毛立った恥叢の真下、ほんのりくすんだ肌の中心に、肉の裂け目がある。そこから焼いたベーコンみたいな色合いの花弁がはみ出して開き、縦長のハートをこしらえていた。

むわ――。

熟れすぎた果実のような、はたまたヨーグルトのような、熟成された悩ましい香りが漂ってくる。これまで嗅いだ女性たちのものと、基本となる成分は同じよう。しかし、出来上がったものはまったく異なるという感じだ。

（先生の匂いだ）

充義は素直にそう感じた。かつて間近で嗅いだ担任教師の汗の香り、その延長上にあるものであると。

「うう……あんまり見ないで」

麻理奈は瞼を閉じたままであったが、おそらく視線を感じるのであろう。教卓に乗せたヒップを落ち着かなくモジモジさせる。

「とても素敵です、先生のオマンコ」

恥ずかしがらせるつもりはなかったが、また真っ正直な単語を口にしてしまった。ただ、素敵と感じたのは事実だ。

「う、嘘よ。そんなとこ、素敵なわけないじゃない」

頬を真っ赤にして反論するアラサー女教師。充義はたまらなく可愛いと思った。だから大胆なお願いも、平気で告げることができたのだ。

「さわってもいいですか？」

「だ——駄目だめ。見るだけだからね」

「だったら、先生が開いてよく見せてください」

「うう……さ、桜場クンって、そんないやらしい子だったの？　ホントにヘンタイになっちゃうわよ」

なじりつつも、彼女は花弁をさらに開いた。二枚の狭間に、鮮やかなピンク色の珊瑚礁が現れる。

（綺麗だ……）

胸が感動で塞がれそうになる。そうやって見ているあいだにも、その部分が潤ってきた。

（感じてるんだ！）

教え子に秘部を凝視され、羞恥にまみれつつも昂りを抑えきれないらしい。割れ目から滴りそうに透明な蜜を溜め、漂うフェロモンも濃厚になる。

息苦しさを覚え、充義は大きく深呼吸した。かぐわしい媚臭を胸いっぱいに吸い込み、続いて吐いた息が恥唇（ちしん）に吹きかかったようである。

「あうう……へ、ヘンな匂いなんかしてないわよね？」

その部分を嗅がれていると思ったのか、怯えた声で問いかける。

「全然。とっても素敵な匂いがします」

「いやぁ、も——馬鹿ぁ」

「先生、女のひとが最も感じるところも見せてください」

「うう、桜場クンのエッチ、スケベ」

文句を言いながらも、フード状の包皮をめくり上げてくれる。艶めく小さな真珠が顔を覗かせた。

「これがクリトリスなんですね」

「そ、そうよ」

どことなく亀頭のミニチュア版といった肉芽は、裾のほうにちょっぴりだけ白いものをこびりつかせていた。

（先生にも恥垢（ちこう）があるのか）

当たり前のことでも、恩師たる女教師だけに、不思議だと感じられた。それでいて、激しくそそられもする。

「ねえ、もういいでしょ？」

焦れったげに告げ、麻理奈がヒップをくねらせる。と、表面張力の限界を越えた恥蜜が、肉の裂け目からトロリとこぼれた。糸を引いて滴り、教卓の上に淫らな水溜まりをこしらえる。

そんなところを見せられては、とても我慢できない。

（さわっちゃ駄目ってことは、舐めるのはＯＫなんだよな）

身勝手な解釈をし、充義は秘核を狙ってくちづけた。

「ふはぁあああッ！」

麻理奈が教室内に嬌声を轟かせたとき、舌に粘っこい蜜が絡みついていた。

「イヤイヤ、駄目ぇ」

抗った麻理奈が逃げようとする。充義はヒップをがっちり抱え込み、決して離さなかった。

そして、熱情にまかせて舌を躍らせる。

「あああ、だ、駄目なの、そこはぁ」

口では拒絶しながらも、秘芯はクンニリングスを歓迎するようにいやらしくすぼまる。敏感な肉芽を舌先ではじくと、強ばった太腿が痙攣した。

「くぅう、か、感じる――」

あられもないことを口走り、「う、うッ」と嗚咽する。性器のみをあらわにした女体は、歓喜にまみれているようだ。

（これが先生の味――）

恩師の蜜液を音をたててすすり、舌で秘腔を抉り舐める。脳裏に今より若かった頃の彼女を思い浮かべながら吸いねぶると、とてつもなくいやらしいことをしている気分になった。

「ああ、あ……も、許してぇ」

鼻をすすりながら訴える女教師。もはや快感から逃れられないのか、いよいよ頂上が見えてきた様子だ。

どこをどうすれば感じるかは、早百合を相手に充分学んだ。最終的な口撃目標は、やはりクリトリス。唇で包皮ごと挟み、甘咬みしながら執拗に転がすと、麻理奈がたちまち乱れだす。

「いやああ、あ、駄目ぇ」

教卓を軋ませるほどに暴れ、パンスト腿で充義の頭を強く挟み込む。それでうっとりさせられた牡が、さらに舌を激しく律動させるとも気づかずに。

「あ、あ、や――い、いく」

全身に広がったわななきが収束し、女体が絶頂の極みへと追いやられた。

「イクイク、う、くふぅううぅッ！」

アクメ声をほとばしらせ、達した麻理奈が上体をガクガクと揺する。教卓から落ちそうになるのを、どうにか手で支えたようだった。

「はあ、ハァ――」

深い息づかいを耳にしながら、充義は恥芯から口をはずした。そこは腫れぼったくなって赤みが差し、ぱっくり開いた花弁の狭間で、膣口をいやらしく収縮させていた。

（挿れたい――）

熱望が胸を衝き上げる。

充義は急いで立ちあがると、学生ズボンの前を開いた。ブリーフの前から手を入れ、すでに復活を遂げていたペニスを摑み出す。さっき多量にほとばしらせたのが嘘のように、それはガチガチに強ばりきっていた。

教卓に坐り、まだ肩で息をしている女教師の前に進むと、勃起と秘芯は同じ高さにあった。開かれた粘膜恥帯に亀頭をあてがえば、身につまされる熱さが伝わってくる。

「え——!?」

麻理奈が目を開ける。すぐ前にいる教え子の肉茎が、自身の秘割れにめり込んでいるのに気づき、弱々しくかぶりを振った。

「……駄目よ、桜場クン」

けれどそれは、今にも挫けそうな拒絶であった。

「僕、先生としたいんです」

腰をほんの少し前に出すと、亀頭が半分近くまでもぐり込む。

「それは駄目……わたしは教師で、あなたは教え子なのよ」

「そんなの、昔の話じゃないですか」

「だけど駄目なの……許されないことなのよ」

「でも、僕は我慢できません」

「我儘言わないで。教室でセックスするなんて絶対に駄目よ」

「挿れたいんだ、先生」

「そんなことしたら、わたしは教師失格だわ」

などと言いながら、彼女はM字開脚のポーズをとり、迎える態勢になっていた。腰もいやらしくうねり、本当はしたくてたまらないのだ。

「挿れますよ」

「ああ、いけないわ……いけないのよ、こんなの」

口先だけで拒んでいるのだとわかったから、充義は無視して進んだ。たっぷりと濡れていた女窟は、牡の漲りを抵抗なく受け入れる。

「あ、駄目――は、入ってくるぅ」

麻理奈も充義も、その部分をしっかり見つめていた。肉色の武骨な器官が、女芯をかき分けて侵入するところを。

ぬぬぬ――。

ペニスが完全に埋没する。結合が果たされるなり、牡を迎え入れた内部が歓迎するようにすぼまった。

「いやぁ、入っちゃった」

嘆く声も艶っぽい。

彼女は着衣のままパンストを破り、Tバックのパンティをずらした格好。充義も学生服姿で、前開きからペニスをはみ出させただけである。ほぼ着衣のセックス。性器のみをあらわにし、そこだけで繋がっていた。

なのに、身も心も深く交わったように感じられる。

「いけない子ね」

麻理奈が目許を朱に染め、淫蕩な眼差しでなじる。はずむ吐息が充義の顔に吹きかかり、それは秘部のなまめかしい香りを薄めたようであった。

「先生の中、すごく気持ちいいです」

素直な感想を伝えると、また内部がキュッとすぼまった。

「わたしも……桜場クンのオチンチン、すごく脈打ってるわ」

「動いてもいいですか」

「ええ。そっとね」

充義はゆっくりと腰を引いた。女陰の裂け目から肉根が現れ、それは血管を浮かせた胴体に白い濁りを絡みつかせていた。

「あん、いやらしい」

性器が交わるところを凝視しながら、麻理奈が身を震わせる。牡のモノが再び押し込まれるときには、「あ、あッ」と焦った声をあげた。

「すごいわ……これがセックスなのね」

初めてしたかのような台詞を口にする。これまで結合部分を目にしたことがなかったのだろう。

充義もその部分を見つめながら抽送（ちゅうそう）した。擦れ合って熱を持ったところから、蒸れたすっぱみがたち昇ってくる。

「あ、あ、あ、感じる」

麻理奈が身をくねらせ、悦びを訴える。それを励みに、ピストンの速度が徐々にあがってきた。

ぢゅ……クチュ――。

しっかりそこを見ているからか、卑猥な粘つきもよく聞こえた。泡立った淫液が肉胴にべっとりとまつわりつき、女体の昂奮をあからさまに見せつける。もちろん、充義もどっぷりと快楽にひたっていた。

「ああ、もっと速く動いてぇ」

女教師がはしたないおねだりを口走る。もはや悠長に交わりを観察する余裕はなく、充義は彼女を抱きしめて腰を振った。

「ああ、あ、いいの、いい――もっとぉ」

あられもないよがり声が鼓膜を震わせる。大好きな先生とセックスしているのだと考えるだけで、肉根がいっそう力を漲らせた。

「僕も気持ちいいです、先生」

「ああ、素敵よ、桜場クン。もう立派な大人だわ」

「先生も最高の女性です。僕、もうイッちゃいそうです」

「いいわよ。な、中にいっぱいちょうだい」

「ああ、先生、せんせ――」

目の奥に火花が散り、喜悦が腰椎を痺れさせる。

「あ、あ、わたしもイク、イッちゃうぅ」

「あああ、麻理奈先生ッ！」

「イクイクイク、う――くうううぅッ！」

キツくすぼまった女芯の奥に、充義は牡の樹液をドクドクと注ぎ込んだ。

「あ、あ、出てる……あったかい――」

悩ましげにつぶやき、麻理奈が芯部を蠢かせる。萎えゆく牡器官を、柔ヒダが優しく撫でてくれた。

「桜場クン……わたし、いけない先生になっちゃいそうだわ」

彼女の囁きを、充義は心地よい疲労感に包まれて聞いていた。

第五章　パンストよ永久に

1

その日、会社から帰った充義は、玄関に見慣れない靴があるのを見つけた。

（あれ、これは……？）

明らかに女性のものであるそれに首をかしげつつ、リビングに入ると両親が誰かと話していた。

「あら？　充義クン、お帰り」

振り返って懐かしい笑顔を見せたのは、従姉の清香であった。

「え、清香姉ちゃん⁉」

「まあ、まだ姉ちゃんって呼んでくれるの？　光栄だわ」

冗談めかして愉しげに目を細めた彼女に、胸のときめきが抑えきれない。何しろ、自分にパンストの良さを教えてくれたひとなのだから。

気になった。

　ただ、彼女から何かを聞かされたらしい両親が、やけに渋い顔をしていたのが
　夕食を一緒に食べた清香は、そのまま泊まることになった。結婚後、夫婦で訪れたことは何度かあったが、いつも日帰り。だから彼女が泊まるのは、結婚の挨拶に来たあの日以来ということになる。

（旦那さんが出張か何かでいないのかな？）

　理由はともあれ、充義はもちろん嬉しかった。しかし、それで何か期待できるわけではない。

　なぜなら、彼女は人妻なのだ。もう一度パンスト姿を見たいなどと、切望は遠慮なく募ってくるものの、そんなことを頼めるはずがなかった。一発で軽蔑され、嫌われてしまうだろう。

（ああ、ままならないものだなあ……）

　夕餉(ゆうげ)の食卓での清香は、アルコールが入ったこともあって朗(ほが)らかだった。充義も言葉を交わしつつ、眩(まぶ)しい笑顔を真っ直ぐ見ることができなかった。外見は昔とそれほど変わっていなくても、かつてはなかった人妻の色気が全身から溢れる

ようで、気後れを感じたせいもある。まだ二十七歳のはずだが、三十路間近の麻理奈よりも表情や話し方に艶っぽさがあった。

（前よりずっと綺麗になったよな、清香姉ちゃん……）

入浴後、部屋に戻った充義は、彼女の笑顔を思い出して悩ましさを覚えた。その変化が彼女の夫によって——おそらく夫婦の営みによって——育まれたであろうことを考えると、胸がチクチクと痛む。

しかし、今さらどうすることもできない。

先に風呂に入った清香は、もう客間で休んでいるだろうか。部屋を訪れてあれこれ話したかったけれど、あの日とは別の意味でためらってしまう。すでに他の男のものなのであり、いくら従姉弟同士でもそれは許されない気がしたのだ。

（久しぶりに会ったのに……）

やりきれなくため息をついたとき、ドアがノックされる。

「あ、はい」

「ちょっといいかしら？」

顔を覗かせたのは、浴衣姿の清香であった。

「え——なに？」

「もしよかったら、付き合ってくれない？」

人妻が缶ビールの六本パックを手に、悪戯（いたずら）っぽい笑みをこぼす。充義の口許も自然とほころんだ。

ふたりは客間に移動した。

蒲団（ふとん）を敷いた横に向かい合って坐り、畳の上に乾き物のつまみを広げ、缶ビールで乾杯する。すぐに話がはずみ、思い出話や近況など、話題は尽きることがなかった。

従姉ではあるが、女性とこんなふうに気やすく話すことができるようになれたのは、セックスを経験したおかげなのだろうか。会社でも、先輩女子にからかわれることが減ってきたようである。少しは男っぽく、大人っぽくなれたのかもしれない。

（大人の女性らしくなれるように、みんなにパンストを勧めてきたけど、いちばん大人にならなくちゃいけなかったのは僕だったんだな）

今になって気がつく。もっとも、結果的に自身も成長できたわけなのだが。

そして、そのことは清香も指摘してくれた。

「充義クン、昔よりずっと男っぽくなったよね」

「え、そう？」

「最後に顔を見たのって、大学生のときだったかしら？」

「うん……たぶん大学一年のときかな」

「そうすると四年前？　変わるはずよねえ」

「んー、自分ではあまり意識してないけど」

「やっぱり社会人になったからなのかしらね」

弟の成長を喜ぶ姉のような眼差しに、面映さを覚える。

「それを言うなら、清香姉ちゃんだって」

「え、それって老けたってこと？」

「まさか。清香姉ちゃんは前と変わらず、若くて美人だよ。だから僕も、清香姉ちゃんって呼んでるんじゃないか」

「うふ、ありがと。じゃ、お礼にこれをあげるわ」

清香がサキイカを摘まみ、口に入れてくれる。そんなもの、お礼でも何でもないのだが、充義は胸がはずむほどに嬉しかった。彼女の指先が少しだけ唇に触れたのにもドキドキする。

湯上がりの人妻は、スキンケアぐらいはしたのだろうが、素っぴんである。それでも肌は綺麗だし、シミもシワも見当たらない。浴衣から覗く胸もとが眩しいほど白く、横に流された足も、ピンク色のカカトが柔らかそうだ。

こんなふうに一対一で向かい合って話すのは初めてだが、それらは昔から少しも変わっていないのだと確信できる。漂ってくる甘い香りも好ましく、ふれあっていなくても全身が彼女に包み込まれる心地がした。

「だけど、もういい年なのに、全然変わってないっていうのもねえ。それだと、いつまでも子供っぽいってことになるじゃない」

「そんなことないよ。若いのは前のままだけど、すごく色っぽくなったって思うよ」

「え、わたしが？」

「うん。結婚してるからなんだろうけど、本当に大人の女のひとなんだなって感じがする」

「まあ、ありがとう。そんなふうに言ってくれたのって、充義クンが初めてよ」

清香が目を見開き、驚きをあらわにする。大袈裟なと思ったものの、どうやら本当にそうらしい。

（え、旦那さんから言われないの？）

愛の言葉を囁く中で、妻のことを褒めたりしないのだろうか。

しかし、充義はそのことを清香に確認しなかった。せっかくふたりっきりなのに、彼女の夫の話題など出したくなかったのだ。それまでの会話でも、結婚生活のことはまったく訊ねなかった。

ただ、清香のほうも、昔のことや充義のことを話したり訊いたりするだけ。自分の家庭のことは口にしなかった。

「充義クン、わたしのことを、ちゃんと女として見ててくれたのね」

清香が嬉しそうに言う。『女』という言葉がやけに生々しく聞こえて、充義はどぎまぎした。

「そりゃ――僕は昔からそうだったよ。清香姉ちゃんのこと、ずっと綺麗だって思ってたんだから」

「ホントに？　そのわりに、よそよそしくされることが多かった気がするけど」

「あれは、ほら、単に照れくさかったから」

「ふうん、そっか……昔からねえ」

人妻の従姉が意味ありげにうなずいたものだから、充義はドキッとした。

「充義クンがそこまでわたしのことを思っててくれたのなら、貸しはチャラにしてもいいかな」

「え、貸しって？」

「本当は、充義クンから返してもらいたいものがあったんだけどね。あれはなかったことにしてあげるわ。たぶん、充義クンももう持ってないだろうし」

思わせぶりな言い方に、（まさか——）と焦りを覚える。しかし、充義はしらばくれた。

「へえ、なんだろ？」

「わかんないかなあ。ねえ、わたしが結婚前にここに来たときのこと、憶えてる？」

その質問も『貸し』の話とつながっている気がして、充義は慎重に答えた。

「うん、まあ」

「あのときも、わたしはこの部屋に泊まったんだよね」

「清香姉ちゃんが泊まるのは、いつもこの部屋だったからね。ていうか、お客さんはみんなこの部屋だよ」

「だけど、充義クンはいつも押入れに隠れてるわけじゃないでしょ？」

笑顔で言われて、充義は頬が引きつるのを覚えた。

（じゃあ、清香姉ちゃんは気づいてたのか――）

従弟が押入れに隠れていたことを。それから、ゴミ箱に捨てたパンストを持ち去ったことも――。

「ん、どうしたの？　急に黙っちゃって」

あくまでも朗らかな清香に、充義は蔑まれている気がしてしょうがなかった。優しかったはずの従姉が、ひどく意地悪な人間に感じられる。

「――い、いや、あれは……だけど」

どうにか言い訳を絞り出そうとするものの、自身を正当化できるシチュエーションなど思い浮かぶはずがなかった。代わりに、瞼の内側がどうしようもなく熱くなる。

清香がじっと見つめてくる。もはや誤魔化しても仕方ないのだと悟り、充義は正直に打ち明けた。

「べつに、清香姉ちゃんを覗こうとか、そういうつもりじゃなかったんだ。ただ話がしたかっただけで……それで、ちょっと驚かそうとしたんだけど――」

泣きそうになって声が詰まる。いい年をして情けないと思ったら、涙が溢れそうになった。

「……うん、わかってるわ」

清香がうなずく。

「あの日は夕食のときも、わたしが話しかけても充義クンはぶっ切ら棒な返事しかしなかったくせに、もっと話したそうにしてたものね。まあ、あの年頃の男の子って、みんなそんな感じだけど。充義クンがさっき言ったみたいに、照れてるだけなのよね」

「うん……」

「わたし、あとで充義クンが部屋に来るんじゃないかって思ってたの。だから、押入れに隠れてることもすぐにわかったのよ」

「え、それじゃ――」

彼女は、高校生の従弟がそばにいると知って、わざと着替えたというのか。それから、あんな破廉恥（はれんち）なポーズまで。

充義の疑問を悟ったらしく、清香がきまり悪げに顔をしかめた。

「あれは、ちょっと意地悪をするつもりだったの。隠れてる充義クンを困らせてやろうと思って。まあ、酔ってたせいもあるんだけど。そうしたら、充義クンはなかなか出てこないし、わたしのほうが困っちゃったわ。あんなところまで見せちゃって、途中でこっちが恥ずかしくなったのよ。でも、今さらどうすることもできないし。叔母さんがお風呂を呼びに来てくれて、本当に助かったわ」

清香が小さく舌を出す。そういうことだったのかと理解しつつ、押入れの中でオナニーをしていたことまでは悟られていないようで、充義はホッとした。しかし、

「ただ、捨てたパンストを持っていかれるとは思わなかったけどね」

軽く睨まれ、首を縮める。

「でも、あんなものをいったいどうしたの？　まさか穿いたりしないわよね」

「それは――」

さすがにオナニーのオカズにしたとは打ち明けられない。何かもっともらしい理由はないだろうかと、懸命に考える。

「僕はただ、清香姉ちゃんが結婚するのが寂しくて、思い出の品物が欲しかったんだよ」

「だったら、他のもののほうがよかったんじゃない？　わざわざ捨てたものを拾わなくっても、言ってくれたら何かあげたのに」

「だけど、あれには清香姉ちゃんのいい匂いが染み込んでいたから」

「え、匂い嗅いだの⁉」

目を丸くされ、余計なことを言ってしまったことに気づく。

「ちょ、ちょっとだけだよ。べつに最初からそういうことをするつもりで取ったわけじゃないから」

「じゃあ、何をするつもりだったの？」

訝る眼差しを向けられ、充義は仕方ないと諦めた。オナニーをしたことなど、絶対に知られたくない事実を隠すために、自らの嗜好を白状する。

「何をするとかじゃなくて……僕、清香姉ちゃんがパンストを穿いてるところを見て、すごく感動したんだ」

「え？」

「女らしくって、大人っぽくて、押入れの中からずっと覗いてたんだけど、胸がものすごくドキドキしたんだ。それでどうしても欲しくなって、いけないことだってわかってたけど、つい出来心で」

「それって、自分も穿いてみたくなったってこと？」

「違うよ。パンストを穿いた女性がすごく魅力的だってわかったんだ。だから僕は、清香姉ちゃんみたいな、パンストの似合う大人っぽくて素敵な女性にしか惹かれなくなったんだよ」

真摯に訴えたことで、彼女もわかってくれたようである。

「そ、そうなんだ……」

口ごもるように相槌を打ち、頬を赤らめる。間が保たなくなったか、手にした缶ビールを飲み干した。

「はあ――」

ひと息ついて、ようやく落ち着いたようである。

(僕がここまで言ったんだし、ひょっとしたら――)

充義は思い切ってお願いすることにした。たとえ叶えられなくても、今の告白が嘘でないことの証明にもなるはずだから。

「清香姉ちゃん、さっきまでパンストを穿いてたよね?」

「うん……」

今日の彼女は、花模様のロングスカート。脚は脹ら脛から下ぐらいしか見えなかったが、その部分はベージュの薄地で包まれていた。

「パンストを穿いて、僕に見せてくれないかな?」

「え、今？」

「うん」

「そ、そんな……駄目よ！」

「どうして？」

「どうしてって——は、恥ずかしいからに決まってるじゃない」

「だけど、あのときは見せてくれたじゃないか。僕はあのせいで、パンストが好きになっちゃったんだよ。僕がこうなったのは、清香姉ちゃんのせいでもあるんだから」

「う……それは——ほら、あのときは酔ってたから」

「今だって酔ってるんじゃないの？　お酒が足りないのなら、もっとビールを持ってくるけど」

「そういうことじゃなくて……ああ、もう、困らせないでよ」

清香は拒み続けたが、本心から嫌がっているようには見えなかった。もうひと押しで何とかなりそうだったから、充義は恥を忍んで頭をさげた。

「このとおり、お願いします。僕にパンスト姿を見せてください」

「もう……充義クンって、こんなに聞き分けのない子だったの？」

「だから、僕がこうなったのは、清香姉ちゃんのせいなんだってば」

「ひとのせいにしないでよ」

「お願いします。こういう機会って、もうないかもしれないんだし」

その言葉に、清香が一瞬だけ表情を強ばらせる。しかし、すぐにやれやれというふうにかぶりを振った。

「そんなに見たいの？」

「うん、是非。僕、あれからパンストの似合う女性と何人か巡り合ったけど、清香姉ちゃん以上のひとはいなかったんだ。清香姉ちゃんが、僕にとって最高のパンスト天使なんだよ」

大真面目に懇願したつもりが、途端に彼女がプッと吹き出す。どうやら『パンスト天使』という造語がツボだったらしい。

「な、何を言ってるのよ、この子は」

クックッと笑いを嚙み殺し、腹を抱えてからだを折る。目には涙が滲んでいた。

けれど、おかげで気が楽になったらしい。

「わかったわ。そこまで言うのなら見せてあげる」

「本当に⁉」

「ただし、これが最後だから。二度とはないからね」

「はい、わかってます！」

喜びいっぱいの返事をした充義に、清香がため息をついた。

2

「恥ずかしいから、後ろを向いてて」

言われるままに回れ右をし、充義は正座をして待った。期待に胸を高鳴らせながら。

「あーあ、こんなことを叔父さんや叔母さんが知ったら、さぞ嘆くんじゃないかしら。我が子がパンストフェチだったなんて」

厭味（いやみ）っぽい独り言が聞こえたものの、照れ隠し（かく）でなじっているのだとわかった。それは無視して、かすかな衣（きぬ）ずれに聞き耳を立てる。

（ああ、もうすぐ清香姉ちゃんのパンスト姿が見られるんだ）

ワクワクして、少しも落ち着かない。声をかけられるまでの時間が、やけに長く感じられた。

「いいわよ」

許可を得て、勇んで振り返る。しかし、畳の上にすっくと立った清香は、まだ浴衣を着ていた。帯こそはずしているものの、前を合わせてしっかり手でおさえている。ただ、足はベージュのナイロンに包まれていた。

「ねえ、パンストを穿いているところを見せるってことは、つまり下着姿になるってことなんでしょ？」

「もちろん」

充義が即答すると、人妻の眉間に縦ジワが刻まれる。

「わたしだけそういう格好をするっていうのは、ちょっと——」

「だったら、僕も脱ぐよ」

充義は急いでTシャツとジャージを脱ぎ捨て、ブリーフ一枚になった。ここまでされれば、もはや拒むことはできないだろう。

「しょうがないわね……」

あきれ顔でつぶやき、清香が浴衣を肩からはらりと落とす。

「うわぁ」

感嘆の声を洩らし、充義は目の前の従姉をうっとりと眺めた。

彼女が身にまとうのは、上下お揃いの薄ピンクの下着と、ベージュのパンスト。ブラもパンティも装飾の少ない、ごくシンプルなものだ。おかげで他に気を取られず、薄いナイロンに包まれた下半身だけを見つめることができる。

（素敵だ、清香姉ちゃん……）

充義は口を半開きにした、かなり間の抜けた顔だったはず。けれど、それを笑う余裕もなかったよう。胸もとを両腕で隠した清香は、恥ずかしそうに腰をモジつかせていた。

六年前のあの日も、同じベージュのパンスト姿を目にしている。けれど、決して短くない歳月は、二十七歳の従姉により熟れたボディと、人妻の匂いたつような色気を与えていた。

（ああ、たまらない）

見ているだけで胸に激しい情動がこみ上げる。呼吸を忘れていたために息苦しくなり、目眩いを起こしそうだった。

「……綺麗だ。清香姉ちゃん、最高だよ」

無意識のうちに称賛の声が出る。それを聞いて、彼女は羞恥と緊張から解放されたようである。

「そう?」

頬を染めつつも、感動の眼差しを浮かべる従弟に白い歯を見せる。

「清香姉ちゃん、後ろ姿も見せて」

そんな要請も気やすく請負い、「いいわよ」と回れ右をした。

(ああ、すごい)

パンティの裾からお肉をはみ出させたヒップは、以前よりも明らかにボリュームが増している。こぼれそうな丸みが下側に綺麗なラインを描き、それは伸縮性のある薄物が張りついても消えることはなかった。熟れた風情を、年下の男に見せつける。

パンスト尻のエロチックな眺めに、牡の昂奮は慎みもなく高まった。海綿体に血流を集め、シンボルを硬化、膨張させる。

(清香姉ちゃんのおしり——)

分身の欲望反応は、理性をくたくたと弱める。膝立ちになった充義は、フラフラと前に進んだ。

「え——?」

気配を感じて振り返った清香が、にじり寄る若者に眉をひそめる。けれど咎めることはなく、好きにしなさいというふうに再び前を向いた。

それをいいことに、あと二十センチというところまで充義は進んだ。

ふわ――。

甘い香りが漂ってくる。風呂上がりの柔肌がたち昇らせる、ぬるい匂い。そこには、一日穿いていたらしいパンストに染み込んだ、彼女本来のフェロモンも混じっているようだ。

もう、見るだけでは我慢できない。

「さわってもいい？　清香姉ちゃん」

震える声で訊ねても、返事はない。それをイエスと受けとめて、充義は実行に移した。

もっともそれは、さわるとは程遠い行為だったろう。なぜなら、彼女の腰に抱きついて、パンストに包まれた臀部（でんぶ）に頬ずりしたのだから。

「キャッ！」

悲鳴をあげた清香がよろける。どうにか足を踏ん張ったものの、不埒（ふらち）な行ないをやめさせようとはしなかった。従弟をパンストフェチにしたお詫びのつもりなのか、じっとしてされるがままになる。

（ああ、ああ……清香姉ちゃん、すごく柔らかいおしりだよ。ぷりぷりだよ）

心の中で訴えながら、極上の肉感触とパンストの肌ざわりを堪能する。尻の割れ目に鼻面を押し込み、クンクンと嗅ぎ回ることまでした。

それでも、下着姿の人妻は注意を与えなかった。

（たまらない――）

硬く強ばりきった分身を摑み出し、しごきたい衝動にかられる。だが、いくら理性が迷子になった状態でも、従姉の前でそんなことはできなかった。募る自慰欲求に切なく身をくねらせながら、熟れ尻のはずみ具合と甘い香りにうっとりするのみ。

「もういいかしら？」

冷静な声が聞こえ、充義はハッとなった。途端に、我を忘れて破廉恥な行為に耽っていたことが恥ずかしくなり、慌てて艶腰から離れる。

「ふう――」

安堵の息をついた清香が振り返った。

（……何をやってたんだ、僕は）

完全に正気を取り戻し、羞恥に身を苛まれた充義は、彼女の視線に耐え切れず俯(うつむ)いた。耳たぶが燃えるように熱い。

「今度はわたしの番よ」

告げられた言葉に「え？」と顔をあげると、優しい目が真っ直ぐこちらを見つめていた。

「いらっしゃい」

手招きされ、蒲団へと誘われる。

「さ、ここに寝なさい」

掛布団を剝いだ人妻が命じ、充義は戸惑いつつもシーツに身を横たえた。すると、彼女がぴったりと身を寄せて添い寝する。

（もしかして……）

甘美な期待に胸がふくらんだとき、それ以上にふくらんでいた股間がギュッと摑まれた。

「あうっ」

充義は呻(うめ)き、身をよじった。昂奮しきっていた強ばりが、熱い先走りをトロリと溢れさせる。

「こんなにしちゃって……本当にパンストが好きなのね」

ため息交じりにつぶやいた清香が、ブリーフを脱がせにかかる。混乱したまま充義は腰を浮かせ、最後の一枚が膝まで下ろされた。

あらわになる肉勃起。そこにしなやかな指が巻きつく。

「ああ――」

充義は手足をピクピクとわななかせた。

(最高だ、清香姉ちゃん――)

これまでそこに触れた誰の手よりも快い。全身が蕩け、甘美にひたるようだ。加えて、包み込まれるような安心感もあった。

(やっぱり人妻だからなんだろうか……)

そんなことを考えたとき、清香が顔を覗き込んできた。

「ねえ、六年前のあの日、押入れに隠れていたときにも、ここをこんなに大きくしていたの？」

問いかけに、充義は素直に「うん」とうなずいた。知られたくなかったはずなのに、彼女の澄んだ瞳を見たら嘘がつけなかったのだ。

「自分でこんなふうにした？」

肉根をくるむ手が上下に動く。やるせない悦びに息を荒ぶらせつつ、これにも正直に「うん」と答える。

「じゃあ、わたしのパンストの匂いを嗅いだときも、同じことをしたの？」

この質問に、充義はもしかしたらと思った。

（さっき、僕に好きなようにさせたのは、どのぐらい昂奮するのか見極めるためだったんじゃないのか？）

そして、我を忘れて尻に頬ずりし、匂いを嗅いだものだから、あのときもオナニーをしたと悟ったのではないか。

（……いや、ひょっとしたら、最初から全部わかっていたのかもしれない）

その上で、従弟の願望を叶えたのではないか。何もかも見通していそうな眼差しに吸い込まれそうになり、きっとそうだと充義は確信した。

「はい……清香姉ちゃんのパンストがとってもいい匂いで、スベスベして気持ちよかったから、我慢できなくなってオナニーをしました」

告白し、「ごめんなさい」と謝ると、彼女の頬が緩んだ。

「謝らなくてもいいのよ」

慈愛の微笑を浮かべた人妻が、牡の屹立（きつりつ）に巻きつけた指をリズミカルに動かす。膝に絡まっていたブリーフも爪先で器用に脱がしてしまうと、パンストの脚を太腿に絡みつかせてくれた。

「ああ……」

内腿の柔らかさと、ナイロンのなめらかさに身悶えしたくなる。それでペニスまでしごかれているのだ。パンスト好きにはこの上ない状況だろう。

「気持ちいい……清香姉ちゃん――」

「充義クンの、すごく硬いわ。壊れちゃいそう」

「だって、清香姉ちゃんの手が柔らかいから……それに、パンストの脚もたまらないよ」

「わたしが充義クンをパンストフェチにしちゃったんだものね。いいわよ、もっと気持ちよくなりなさい」

「ああ、ああ、清香姉ちゃん」

優しい従姉に寄り添われ、甘い香りにうっとりしながら、目のくらむ悦びも与えられる。とめどなくこぼれる先汁が亀頭と包皮のあいだに入り込み、クチュクチュと泡立った。

(僕はずっと、こうされることを待ち望んでいたのかもしれない)

ようやく願いが叶ったという熱い思いが、胸底からこみ上げる。彼女こそが、彼女のパンストこそが、本当に欲しかったものなのだと確信する。

「あ——清香姉ちゃん、もうイキそうだよ」

「いいわよ。今日はわたしの手でいっぱい出しなさい」

「ああ、ホントに出るよ。いいの？」

その問いかけには答えず、清香が柔らかな手指を忙しく往復させる。はずむ吐息が顔にかかり、それは熟れた果実の匂いがした。

全身を彼女に包まれる心地に、忍耐が限界を超える。快美に身をまかせ、充義は己を解放した。

「う——いく、いくよ。うああ、出る」

めくるめく愉悦にまかれ、腰をガクガクと上下にはずませる。強ばりきった筒先から、濃厚な樹液がほとばしった。

「あ、あ、すごい」

驚きの声を発しながらも、清香が手を動かし続けてくれる。おかげで充義は、最高に気持ちのよい射精を遂げることができた。

3

「こんなに出るなんて……やっぱり若いのね」

からだの正面に飛び散ったおびただしい精液を、清香がティッシュで丁寧に拭ってくれる。青くさい精臭に鼻を蠢かせ、「匂いも濃いわ」とつぶやいた。

射精後の気怠い充実感にひたり、充義は仰向けたまま胸を上下させていた。そこに再び従姉が添い寝してくれる。

「いつもこんなにたくさん出るの？」

ストレートな問いかけに、充義は今さら照れくささを覚えた。

「今日は特別だよ。清香姉ちゃんがいっぱいサービスしてくれたから」

「そう？　わたし、手でするのって慣れていないから、そんなに上手じゃないはずだけど」

「ううん。すごく気持ちよかった。握られただけでイッちゃいそうになったぐらいだもの」

「オーバーね。たぶん、わたしがパンストを穿いていたから昂奮して、あんなに出したんじゃないの？」

「まあ、それもあるだろうけど」

「つまり、パンスト効果ってわけね」

経済学か心理学にありそうな言葉だ。充義は思わず笑いそうになった。

ところが、清香がやるせなさげにため息をこぼしたものだから、（あれ？）と思う。

「ウチの旦那も、充義クンみたいにパンスト好きだったらよかったのに。わたしのことも、もっと愛してくれたかもしれないしね」

彼女が夫の話題を出したのは、その日初めてのことだった。

（え、愛してくれたって――？）

過去形なのを怪訝に感じたとき、清香が打ち明ける。

「充義クンにはまだ話してなかったけど、わたし、今日は叔父さんと叔母さんに報告に来たの。もうすぐ離婚しますって」

「え――!?」

思いもよらなかったことに、充義は驚愕した。

「ど、どうして？」

「まあ、いろいろな理由が重なってこうなったんだけど。わたしは早く子供が欲しいのに、旦那が協力してくれないとか。その他のことでも気持ちのすれ違いがあったし、あとは旦那の浮気とか」

「浮気——」

「あのひとは充義クンと違って、若い子が好きみたいね」

やれやれという顔を見せた清香が、ふっ切ったようにクスッと笑う。

「まあ、もう終わったことだから、あのひとのことはどうでもいいの。だけど、正式に別れる前に、充義クンとこうして会うことができてよかったわ」

「え、どうして？」

「だって、女としての自信がついたもの。わたしみたいなオバサンでも、充義クン、いっぱい射精してくれたし。その前には、パンストのおしりに頬っぺたをスリスリしてくれたもんね。若い子をあそこまで夢中にさせられるんなら、わたしもまだまだ捨てたもんじゃないわ」

言ってから、自虐的に肩をすくめる。

「ま、わたしっていうより、所詮はパンストの魅力なんだろうけど。こうなったら、充義クンみたいなパンストフェチの男を見つけるしかないかしらね」

彼女が自棄っぱちになっているような気がして、充義はやり切れなくなった。

それでつい、言い返してしまう。

「清香姉ちゃんはオバサンなんかじゃないよ！　綺麗だし、優しいし、色っぽいし。清香姉ちゃんよりも魅力的な女性なんて、そうそういるはずないじゃないか。だから僕は――」

ムキになって告げたものの、パンスト好きの男が声高に主張したところで、あまり説得力はないだろう。そうと気づき、充義は悔しくて唇を噛んだ。

「……ありがとう」

清香が静かな声で礼を述べる。

「わたしはだいじょうぶだから、充義クンは気にしなくていいわ。ただ、さっきも言ったとおり、こういうのは今日が最後だからね」

萎えた牡器官を、柔らかな指が摘まむ。肉胴をこすられて、むず痒い快さが広がった。

「あ、清香姉ちゃん――」

腰がわななく。しかし、その部分はさっきのように急速な反応を示さなかった。深刻な話のあとで、そんな気分になれなかったせいだ。

「ど……どうして最後なの？」

切ない悦(よろこ)びに身をよじって訊(たず)ねると、清香の手が止まった。揺るぎない眼差しで、じっと見つめてくる。

「本当に離婚するんだったら、僕が清香姉ちゃんの——」

言いかけただけですぐに察したか、彼女が大きくかぶりを振る。

「それは駄目よ」

「どうして？」

「どうしても何も、当たり前のことじゃない。わたしが叔父さんたちに、充義クンと結婚させてくださいなんて言えると思う？」

充義は答えられなかった。そんなことは関係ないと主張できるほど、子供でもなかった。感情だけで圧(お)し切れないものがあることも、重々わかっていた。

と、清香が優しくほほ笑む。

「充義クンは、わたしなんかよりも若くて、パンストの似合う素敵な女の子を見つけなさい。わたしも今度は失敗しないように、わたしのことをちゃんと理解してくれる旦那サマを見つけるわ」

「……それでいいの？」

「もちろん。それが一番いいのよ」

頭ではわかっていても心では理解できず、充義は情けなく顔を歪めた。すると、彼女が愛らしく首をかしげる。

「ね、充義クンにお願いがあるんだけど」

「……なに？」

「わたし、男のひとのこれを、お口で気持ちよくしてあげたことがないの。どうしても抵抗があったから。もちろん、自分のだって舐めさせてないわ。そのせいで、あのひとは愛想を尽かしたのかもしれないけど」

「清香姉ちゃん……」

「だけど、次の旦那サマは、ちゃんとお口でも愛してあげたいの。だから、充義クンのこれで練習させてくれる？」

大胆な要請に驚くと同時に、是非してもらいたいという切望もこみ上げる。しかし、股間の分身は膨張の兆しを示さなかった。

「駄目かしら？」

「いや、そんなことないけど。ただ……」

「オチンチン、元気にならない？　だったら、こうしたらどうかしら」

身を起こした清香が、逆向きで乗ってくる。胸を跨ぎ、従弟の目の前にたわわなヒップを差し出した。

（うわあ……）

薄ナイロンに包まれた巨大な丸み。今にも落っこちてきそうな迫力がある。透けるパンティもエロチックだ。

そして、どんなものよりお気に入りのものを眼前に置かれ、牡の欲棒が節操なく血液を集めだした。

「ほら、大きくなってきた」

嬉しそうに言った清香が、それをおもむろに含む。

「くぁ」

愉悦に背中が浮きあがる。唾液を溜めた温かな場所にひたり、肉根はますます力を漲らせた。

（クソ……どうしてこんなことで勃っちゃうんだよ!?）

悔しさにまみれつつも、膨張は止まらない。力強く脈打ち、もうすぐ人妻ではなくなる従姉の口内で暴れまわった。

「ン……むふ」

これまでフェラチオの経験がないというのは本当らしく、清香が覚束なく舌を動かす。最大限にふくれあがったペニスを持て余しているふうだ。

それでも、敏感な部分に舌を這わされ、充義は快美の波に漂った。

（ええい、もう）

ヤケ気味に熟れ腰を捕まえ、自らのほうに引き寄せる。

「むふッ」

清香が太い鼻息をこぼしたのと同時に、もっちりしたパンスト尻が顔面にのしかかった。

「むううう」

柔らかな重みが心地よい。息苦しさすら、快感に取って代わりそうだ。

『今日が最後だからね――』

耳に残る彼女の言葉に悲しみを募らせながら、充義はクロッチに染み込んだ匂いを深々と吸い込み、柔尻に顔をめり込ませた。

（ああ、すごい……）

湯上がりのはずなのに、陰部はなまめかしい恥臭（ちしゅう）をむわむわと放つ。年下の男のペニスを弄びながら、あるいはこうしてしゃぶりながら、女体は昂っているのだろうか。実際、内側から蒸れた熱が伝わってくるようなのである。

（これが清香姉ちゃんの――）

あのとき嗅いだパンストに染み込んでいたものより濃厚で、悩ましさも強い。

しかも、いくら嗅いでも薄まることなく、むしろ強く匂ってくる。

牡の劣情が煽られて、ペニスが最大限の力を漲らせる。そこを這い回る従姉の舌も、次第に動きがこなれてきた。

レロレロレロ……チュッ。

くすぐったさやむず痒さが、すべて快さに昇華される。

「むうう、むふッ、ううう」

悦びの呻き声をあげながら、充義は鼻面をいっそうめり込ませた。湿地帯を前後左右に抉ると、パンスト尻が艶っぽくくねる。

ちゅぱッ――。

清香が咎めるように舌鼓を打ち、陰嚢をさする。早く射精させようとしてか、頭を上下に振り出した。

筋張った肉胴が、唇で執拗に摩擦される。根元に巻きついた指も強弱を加え、牡の性感を高めた。

（……ああ、清香姉ちゃんとセックスしたい）

フェラチオも確かに快いが、やはり性器で結ばれたい。そうして、舌を絡めるくちづけも交わしたい。

熱望がこみ上げ、心が乱れてくる。駄目もとで頼んでみようかと思いつつ、彼女が決して受け入れないであろうこともわかっていた。

だからこそ、こうして唇の処女を与えてくれたのだ。

無理強いをしても後味が悪いだけだと、充義は与えられた状況に身を委ねることにした。それでも、できるだけのことはしようと、パンスト越しに秘部をねぶり回す。

「ん──むぅ」

二重の布で隔てられていても、這い回る無作法な舌を感じたのか。清香がヒップをいく度もすぼめる。しかし、その程度で充義が怯むはずがない。唾液をたっぷりまつわりつかせた舌で、シームに囲まれた菱形部分を舐めまくった。

おそらく彼女は、クンニリングスも許してはくれまい。だからせめて、染み込んだ唾が恥辱に届くようにと願ったのだ。もちろん、熟れ尻のもっちり感も堪能しながら。

(最高だよ、清香姉ちゃんのおしり)

ぷりぷり臀部を揉み撫で、すべすべナイロンにも頬ずりする。そうやって一心にパンスト尻を愛でられたのは、決して長い時間ではなかった。しゃぶられ続ける分身は歓喜を溜め込み、気がついたときには後戻りできないところまで高まっていたのである。

「むふぅうう——ぷあッ、あ、清香姉ちゃん、出るよ」

ヒップから顔を離し、迫りくる終末を訴えても、口がはずされることはなかった。むしろ懸命に吸い立て、舌をピチャピチャとはしたなく躍らせる。

「あああ、ホントにいくよ。いいの⁉」

腰をガクガクと跳ね上げても、淫らな吸茎は終わらない。舐め回される亀頭粘膜が喜悦にまみれ、薄皮が溶けそうなほど気持ちがいい。

「清香姉ちゃん——あ、あッ、いく……ううう、出る」

忍耐の城壁があっ気なく崩れ、熱い滾りが尿道を高速で駆け抜ける。第一陣がほとばしったのと同時に、先端が強く吸われた。

「くはぁあああッ！」

スピードを上げた精液が、魂を抜かれそうな快感を伴ってほとばしる。それらは舌で巧みにいなされ、従姉の口内を青くさくするはずだ。

（すごい……）

脳の蕩ける悦びに朦朧（もうろう）とする中、充義は清香の喉が上下するのを感じた。その動きが舌を通じて、ペニスに伝わったのだ。

（清香姉ちゃん……僕のを飲んでるの？）

罪悪感と感激が同時に募り、涙がこぼれる。最後の一滴をチュウと吸われたところで、充義は蒲団にからだを沈み込ませた。

「はあ、ハァ――」

自身の息づかいが物憂く感じられる。ぐったりして手足をのばすと、軟らかくなった肉茎から口がはずされた。

清香がすぐに寄り添ってくる。精液を吐き出す余裕はなかったはずだから、やはり飲んでしまったのだろう。

「清香姉ちゃん……」

顔を覗き込まれ、掠れ声で呼びかけると、パンスト天使の口許が控えめにほころぶ。

「――ありがとう」

礼を言われても、充義は何も答えられなかった。胸を上下させながら、涙で滲（にじ）

む目の前の景色をぼんやりと眺め続けた。

4

それから一週間というもの、充義は腑抜け同然であった。会社に行っても仕事に身がはいらず、由佳里に何度も叱られる始末。

「そんなことじゃ困るのよ。もっとしゃんとしなさいっ！」

しかし、いくらはっぱをかけられても、なかなか本調子に戻れない。

「ちょっと、どうしたのよ、桜場クン」

「ひょっとして、恋の悩みなの？　だったらお姉さんたちが聞いてあげるわよ」

先輩女子たちから、からかい半分の口調で言われたのにも、

「いえ……何でもありませんから」

と、暗い表情で言葉少なに答える。おかげで彼女たちも気を殺がれ、それ以上はちょっかいを出せない様子だった。

もちろん、こんな状態でいいはずがない。

（ああ、どうしちゃったんだよ、僕は）

充義はため息をつき、心の中で嘆いた。

言うまでもなく、清香とのことが尾を引いていたのである。しかし、自分に何ができるわけでもない。むしろ最後に念願が叶い、いい思い出ができたと諦めるより他ないのだ。

それでも、ふっ切ることができないのはなぜだろう。

（清香姉ちゃん、本当にだいじょうぶなのかな……）

やはり、最も気にかかるのはそれなのだ。

いや、彼女はまだ二十代と若いし、離婚したって充分にやり直しがきく。だいたい、あれだけ美人で気立てがいいのだ。男たちが放っておくわけがない。

要らぬ心配であり、大きなお世話でしかないと知りつつも、充義は清香のことを考えずにいられなかった。ひょっとしたらそれは、未練と表裏一体の気遣いだったのかもしれない。

くるみから会ってほしいというメールをもらったのは、そんなときだった。

（ひょっとして、就職が決まったのかな？）

詳細は会ったときにという勿体ぶりようからして、おそらくそうに違いない。

しかしながら、仮にそうであったとしても、今の不安定な精神状態で素直にお祝いを述べられそうもなかった。

（くるみちゃん、気を悪くするかもしれない……）

そのせいで嫌われて、もう会ってもらえなくなるのではないか。由佳里との初体験に始まり、何人もの女性たちといい思いをしてきた罰というか、反動が今になって現れたのかもしれない。

（僕なんて、パンストに目がないだけの変態だし、当然の報いだろうな）

それはそれで仕方ないという捨て鉢な思いを抱きつつ、充義は待ち合わせの場所に向かった。

いくら落ち込んでいても、街を歩くときには自然と女性に目がいく。パンストを穿いた理想の脚を見つけようものなら、じっと見つめてしまう充義であった。

（節操がないな、まったく）

やれやれと思いつつ、前方にミニスカートのパンスト美女を発見し、（おおっ⁉）と目を凝らす。後ろ姿だから顔は見えないのであるが、

（こんなにパンストが似合うのは、美人に決まっている）

勝手な法則にのっとって、充義は決めつけていた。そして、もっと近づこうとしたところで、くだんの美女がタクシーを停めようと手を挙げる。

そのとき、彼女の横顔が見えて、思わずドキッとした。

（え、あれは？）

これからデートにでも向かうのだろうか、やけに愉しげな笑顔を浮かべたその女性は、清香に間違いなかった。

（そうか、清香姉ちゃん——）

従姉が正式に離婚したという話を、つい昨日両親から聞かされたばかりだ。すでにふっ切っていた彼女は、さっそく新しい恋を探しに出かけるのだろうか。それとも、すでにいいひとがいるのか。

ともあれ、清香が乗り込んだタクシーが走り去るのを見送り、充義は胸に巣食っていた様々なわだかまりが、すっと消え去るのを感じた。代わりに、温かな喜びが満ちてくる。

（もうだいじょうぶなんだね……）

頬が緩み、気持ちが軽くなる。充義ははずむような足取りで、待ち合わせの場所へと急いだ。

（くるみちゃん、就職が決まったら、エッチしてもいいって言ってたよな）

そんなことを考えて、無性に浮き浮きしながら。

※この作品は２０１１年10月に小社より刊行された
作品に加筆修正を加えた「新装版」です。
（原題『秘宝さがし』）

双葉文庫

た-26-54

ざわつく脚線美

2022年3月13日　第1刷発行

【著者】
橘 真児
©Shinji Tachibana 2011

【発行者】
箕浦克史

【発行所】
株式会社双葉社
〒162-8540 東京都新宿区東五軒町3番28号
［電話］03-5261-4818(営業部)　03-5261-4833(編集部)
www.futabasha.co.jp(双葉社の書籍・コミックが買えます)

【印刷所】
中央精版印刷株式会社

【製本所】
中央精版印刷株式会社

【フォーマット・デザイン】
日下潤一

ISBN978-4-575-52559-5 C0193
Printed in Japan